L'Amour pur

DU MÊME AUTEUR

Un souvenir indécent, P.O.L 1992

Agustina Izquierdo

L'Amour pur

roman

P.O.L
8, villa d'Alésia, Paris 14e

ISBN : 2-86744-332-6

« Rien n'inspire aux mortels plus vive gratitude
que les caresses des mains dans les ténèbres. »

Isaïe

CHAPITRE PREMIER

Qui peut échapper à ce que dit le mot désir ? Ni le vêtement, ni le silence, ni la nuit, ni les fards, ni même les pensées volontaires ne dissimulent tout à fait la honte des fantasmes qui nous affolent. La femme ou l'homme qui implorerait pitié pour son désir implorerait en vain.

Dans la cité de Barcelone, à l'abri des murs, près du cloître de la cathédrale, à deux pas de la porte de Santa Eulalia, vivait un homme à la fois pieux et musicien qui s'appelait le Père Guimerà. Il était maître de chœur à la Església dels Sants Just i Pastor. Il avait honte d'être musicien parce qu'il lui semblait qu'il volait à Dieu, à la prière et à l'humiliation le temps qu'il donnait à sa charge de maître de chœur. Il était maigre et juste. Ses mœurs étaient irréprochables. Son apparence était longue, réservée et presque revêche. Son visage n'était pas beau, entouré de longs cheveux gris ; il avait un long cou et sa tête penchait en avant. Parce qu'il était peu liant, aucune société ne l'entourait, aucune parentèle des enfants du chœur ne l'invitait aux fêtes privées mais, dans le même temps, personne de la paroisse ne le considérait avec dédain et il était respecté des autres Pères. La musique qu'il faisait jouer était belle, sans qu'elle présentât rien de remarquable. Il logeait dans une maison qui se trouvait dans une ruelle qui flanquait le cloître et dont la terrasse de terre sèche surplombait la chapelle d'un potager. Le Chapitre lui avait concédé une chambre très étroite, située au deuxième étage, qui avait l'apparence d'un couloir et où il y avait juste la place pour une couchette. Au-dessus de sa couchette il lui fallait serrer ses livres de prière sur une étagère de bois fixée au mur par deux chaînes. Au-dessus de ses livres, il rangeait son étui à luth. Le père avait trouvé ce luth jadis chez un artisan qui réparait des violons mais, comme cet instrument n'avait plus cours, le luthier avait refusé la somme que le Père lui en proposait et lui en avait fait don. Le Père Guimerà s'était entiché du son fragile et douloureux du vieil instrument.

Quand le Père était seul, il composait une musique qui faisait peur, tant elle était triste. Aussi ne la montrait-il à personne. Il fermait sa fenêtre. Où est Dieu ? Il craignait Dieu.

L'après-midi ou le soir, après que le Père Guimerà s'était assuré qu'étaient absents les prêtres qui habitaient les chambres à côté et au-dessous de lui et les quatre enfants du chœur qui logeaient dans les mansardes au-dessus, il chantait.

Il se trouva qu'un soir de juin il ne prit pas garde qu'il avait laissé ouverte sa fenêtre dans la chaleur de la nuit. Il ne chantait pas vraiment : il chantonnait en s'accompagnant. Parfois il reprenait le thème sur les cordes en les pinçant. Puis sa voix s'élevait de nouveau.

Ce soir-là, il arriva que l'intendant du palais du Seigneur Conseiller était sorti pour aller au marché de la cathédrale. Au retour, débouchant de la place pour emprunter la ruelle sombre, Don Oller entendit le Père Guimerà chanter. Il fut troublé par la tristesse de son chant. Il revint sur ses pas. Il s'immobilisa dans la ruelle sous la fenêtre du Père.

Il leva la tête et chercha à regarder en direction de la fenêtre. La ruelle était si étroite qu'il n'avait pas de recul. Il décida de pousser la porte qu'il avait en face de lui.

Il gravit l'escalier très raide qui menait à la chambre où on chantait et toqua à la porte du Père qui s'arrêta de jouer soudain. L'intendant n'entendit que le brusque silence puis une couchette de bois qui grinçait et le pas d'un homme qui s'approchait de la porte et qui l'ouvrit. L'intendant du Seigneur Conseiller découvrit un grand homme triste d'une cinquantaine d'années, dont la tête, tombant en avant, semblait irritée et qui le saluait avec lassitude.

Don Oller repoussa le Père Guimerà à l'intérieur de la chambre, entra et lui demanda s'il était l'homme qui était en train d'interpréter à l'instant une plainte.

« Oui, dit doucement le Père.

– De qui était cet air si lent et si beau que vous étiez en train de chanter tout bas ? » lui demanda aussitôt Don Oller.

Le Père Guimerà hésita un instant avant de répondre puis avoua que l'air était de son invention. Don Oller hocha la tête, déplaça avec précaution le luth sur la couchette, s'assit. Don Oller portait des guêtres rouges. Il interrogea le Père. Qui il était, d'où il venait, à quelle paroisse il appartenait, combien étaient-ils encore à Barcelone à jouer de cet instrument que seuls les aïeux de leurs aïeux affectionnaient ? Le Père répondait à ces questions avec une voix basse et peu perceptible. Alors l'intendant lui fit honte de l'endroit où il vivait. Il lui offrit d'habiter chez lui. Il lui demanda quel était son nom.

« Père Guimerà ! » répondit le Père en rougissant et tout bas.

Tandis que Don Oller lui faisait part des projets qu'il nourrissait pour lui, le Père Guimerà tenait les yeux fermés et se taisait. Il écoutait dans l'enchantement les propositions que l'intendant du Seigneur Conseiller Padellas était en train de lui faire et le tableau de la vie qu'il mènerait dans l'hôtel particulier où il logeait avec sa famille. Il aurait une chambre à l'écart et qui serait suffisamment vaste pour qu'une table et plusieurs fauteuils pussent y tenir. Il choisirait lui-même la chambre qui lui conviendrait le mieux. De toute façon l'hôtel était des plus calmes. Son linge de corps serait fourni par son épouse, Doña Ester, et il serait lavé et repassé par une servante. Il partagerait sa table au souper, s'il le voulait bien. Bref, il n'aurait plus souci de rien des choses de ce monde de misère, de larmes, de fautes, de gémissements, et il pourrait composer à loisir, aux heures où son service à la Església dels Sants Just i Pastor ne le retiendrait pas hors de l'hôtel.

Le Père Guimerà écoutait dans l'ébahissement ce que proposait Don Oller. Comme il avait le visage ordinairement pâle et sévère et qu'il tenait toujours sa tête penchée en avant, avec son grand nez brillant dans l'ombre, l'intendant ne pouvait y lire la joie déroutée et même effrayée où peut plonger un rêve dont on n'a jamais pu penser qu'il pourrait se réaliser et qui s'accomplit d'une façon imprévue. Don Oller interpréta le silence du Père Guimerà comme un refus et il désirait tant entendre de nouveau la musique qu'il avait surprise dans la ruelle qu'il monta spontanément le prix qu'il mettait à son établissement dans sa demeure. Il s'engagea à lui faire don à la fête de Santa Llúcia d'un morceau d'étoffe pour y faire bâtir une soutane et un chapeau neufs. Il lui dit qu'il prenait à sa charge les frais du barbier qui passait tous les deux jours, avant deux heures. Chaque année, à la fête de la Mare de Déu de la Mercè, l'intendant s'engageait à subvenir au coût que représentait la gravure des compositions de sa main qu'il souhaiterait recueillir afin de les mettre en dépôt chez le marchand.

Le Père Guimerà l'arrêta soudain en levant sa longue main osseuse. Il s'assit lui-même près de l'intendant sur la couchette ; il voulut lui prendre les mains mais recula aussitôt dans le coin de la couchette avec embarras, lui disant que sa proposition l'emplissait d'allégresse mais qu'il s'arrêtât d'offrir, que Dieu avait été pauvre et qu'il ne voulait recevoir aucun autre don de ses mains que ce logement qu'il lui octroyait obligeamment dans un coin de sa demeure. Il le pria qu'il eût la bonté de lui dire quand aurait lieu cet établissement qui le faisait déjà rêver. Don Oller tourna les yeux vers le Père Guimerà et lui répondit :

« Tout de suite ! »

Le Père eut le sang au visage. Il fit non de tout le corps ; il disait avec sa voix basse :

« Tout de suite ! Mais je n'ai pas préparé mes effets. Je n'ai pas demandé à Monseigneur l'évêque la permission de quitter le lieu que m'a alloué le Chapitre. Je ne suis pas certain...

— Tout de suite ! » reprit fermement Don Oller. Le prenant par le bras, il lui déclara qu'il ne se tourmentât de rien et que, pour ce qui concernait le Chapitre, l'évêque et la paroisse, il se chargeait de négocier avec eux. Le Père Guimerà demanda à l'accompagner lorsqu'il se rendrait à l'évêché. Il avait peur de l'évêque. Il avait peur de Dieu. Il supplia l'intendant qu'il ne fût pas question de musique dans l'entretien avec l'évêque.

Don Oller acquiesça à toutes les prières du Père Guimerà, le rassura. Puis il fit valoir qu'il n'avait aucun motif de s'attarder dans un lieu si étroit et que le dos d'une mule ou les bras d'une servante n'étaient pas nécessaires pour transporter les biens si peu nombreux et si légers qui étaient en sa possession. Ce disant, Don Oller se leva et prit les livres de musique qui étaient rangés sur l'étagère. Le Père Guimerà le regardait faire avec stupeur. L'intendant se chargea de l'étui à cordes et rassembla dans la couverture de la couchette les livres, l'étui et la chandelle . Le Père portait un ballot de vêtements et son luth et le suivait. Il avait voulu prendre le matelas de la couchette mais Don Oller l'en avait empêché : l'intendant possédait de vieux lits à baldaquin que le Seigneur Conseiller ne voulait plus voir au palais et il les avait entreposés chez lui. Ainsi le Père coucherait-il comme un prince d'autrefois dans sa nouvelle chambre. Le Père Guimerà suivait les guêtres rouges de Don Oller. Le Père avançait en trottant dans la plus grande excitation. Le Père ignorait qu'il avançait en trottant vers la détresse et la honte éternelles.

L'hôtel de l'intendant n'était situé qu'à cent pas de là. La ruelle qui y conduisait était non seulement étroite mais s'étrécissait encore au fur et à mesure qu'on progressait, au point qu'il fallait ralentir le pas et se mettre de côté pour glisser son corps entre les murs des maisons. Elle était, à raison de cette étroitesse, pleine d'une ombre constante et d'une humidité continuelle. On glissait en marchant sur une mousse visqueuse. On comprenait, quand on la suivait, pourquoi si peu de monde empruntait cette voie pour se rendre au cloître ou sur la place.

Don Oller poussa la porte de la demeure. Ils entrèrent dans un vestibule complètement vide et qui était d'une clarté éblouissante. La lumière venait de la galerie qui le surplombait. C'était une jolie galerie ancienne, peinte jadis en bleu clair mais la peinture s'était écaillée, qui datait du XVIIe siècle, avec des moulures. Ils posèrent leurs ballots. Ils montèrent dans la galerie. Le Père Guimerà penchant la tête, hochant la tête, contemplait sans un mot la demeure, puis ils descendirent aux cuisines. Don Oller le présenta à la Senyora Donya Ester, puis à Carme la cuisinière, entourée de ses servantes qui toutes tenaient leurs paupières baissées, les instruisant de ce qu'il avait décidé. Enfin il l'entraîna vers les chambres. Le Père Guimerà choisit celle qui était le plus à l'écart et qui prolongeait la galerie et la terrasse, sous les arbres.

CHAPITRE II

C'était une très vaste salle carrée, obscure en dépit d'une grande fenêtre toute nue, sans tentures, sans rideaux, mais qui était peu éclairée parce qu'elle recevait en cette saison le vaste ombrage des ormeaux et des châtaigniers de la cour. La chambre du Père Guimerà était vide quand il la reçut et il la laissa telle. Don Oller fit simplement dresser comme il l'avait promis un grand lit à baldaquin sur le mur opposé à la fenêtre, mais quand il s'agit de le rhabiller de son toit d'étoffes et de ses tentures tombantes, le Père Guimerà déclara à l'intendant du Seigneur Conseiller que ce ne serait pas décent pour un prêtre, que Dieu n'avait jamais été entouré de satin quand il avait dormi dans ce monde, et il pria son hôte d'avoir la bonté de laisser le lit avec ses montants nus.

Il y avait un coffre, une table couverte d'une tapisserie bleu et rouge sur laquelle il posa son luth – et plus tard un clavier quand l'intendant le lui offrit, lors de la Grande Semaine, afin d'entraîner le petit chanteur Americo. Au-dessus de la table, une servante qu'on appelait Rina et un menuisier qui portait le nom de Jésus installèrent une longue étagère fort belle et fort épaisse, en chêne, où il disposa sa Bible, son bréviaire et ses livres. La salle était si carrée et si vaste, ou bien la chambre qu'il venait de quitter et où il avait vécu durant des années était si allongée et si restreinte, que ces quelques objets parurent au Père flotter dans la pénombre ; lui-même flottait dans ce peu de lumière qui lui donna l'impression de l'écarter davantage du monde et de le protéger de tout. L'intendant, les deux fils de l'intendant qui étaient venus le saluer, le menuisier, la servante, tous flottaient dans la pénombre. Ces objets semblaient éloignés les uns des autres, isolés comme les îles du royaume de Majorque dans la mer : l'île du lit à baldaquin, l'île de la table à musique, l'île de l'âtre et du fauteuil tapissé qui lui faisait face, l'île de la grande fenêtre nue et à côté, devant le mur aveugle, l'île du coffre de cuir que la Senyora Donya Ester lui avait prêté pour ranger ses vêtements.

Quand il fut seul, il chaussa ses lunettes rondes mais ne lut pas. Il regarda. Il était heureux. La première nuit, il ne chanta pas. Il écouta le silence ou plutôt le son de la chambre. Tous les lieux ont un son comme les fleurs un parfum, comme les enfants une peur personnelle et complètement inavouable, comme les femmes ont leurs sangs et le malaise triste et impuissant où leur écoulement les soumet. Il entendait les branches proches qui frottaient le toit. Il entendait les volailles de la basse-cour au loin, qui avaient leur abri dans la cour de la demeure, face aux petits degrés qui permettaient l'accès à la cuisine. Il était heureux parce qu'il n'entendait rien d'humain qui pût le persécuter, et du même coup aucune oreille humaine ne pouvait l'entendre ni être séduite par la douleur des chants qui s'emparaient de son esprit tout à coup. Il n'avait pas lieu de craindre qu'il fît pleurer quelqu'un, ou qu'il pût donner envie à quelqu'un de se lancer du haut des remparts dans le vide, ou de courir au port, de courir sur la jetée et de se précipiter dans les flots de la mer. Il pouvait jouer ce qu'il voulait et chanter comme il l'entendait. Le lendemain il chanta deux heures de rang. Il pleura. Même, il nota deux grandes pages réglées à huit portées la page.

Au bout d'une huitaine, un matin, le Père Guimerà descendit aux cuisines pour demander du secours. A la tête du lit, sur le montant resté nu du baldaquin, il fit fixer à l'aide d'une pointe de fer un bénitier surmonté d'une croix en porcelaine noire où il versa de l'eau bénite. Il y ajouta un rameau qui avait été béni. Son bonheur était tel qu'il s'était senti coupable. Il n'avait jamais douté que Dieu méprisât la musique. Dieu préférait le cri d'angoisse. Dieu avait élu ce cri pour son fils. Aussi le Père Guimerà avait-il craint qu'il n'y eût dans le plaisir qu'il éprouvait à composer, dans la solitude dont il bénéficiait pour la première fois de sa vie, et aussi dans la nature de la musique qu'il notait, quelque chose de profane, un délice et une tristesse qui étaient si grands qu'ils détournaient de Dieu. Dans le séjour qu'il avait consenti de faire sur cette terre sous la forme d'un homme, Dieu avait-il jamais chanté ? Les chants et les mélodies ne trouvaient pas leur origine dans une activité tout entière dévouée au salut. La musique perdait vite de vue la Passion de Notre Seigneur et elle omettait l'imitation à laquelle elle contraignait les pécheurs pour se consoler aussitôt par ses propres moyens. Le Père savait qu'il y avait dans toute musique une plainte si nostalgique qu'il était difficile de la distinguer de ce mélange d'attachement et d'effroi qu'un homme éprouve pour les premiers instants de sa vie. C'est pourquoi il fit clouer ce crucifix sur le montant du lit. La même servante joufflue, Rina, aux grosses lèvres bourrelées, vint en outre disposer devant le montant où elle avait fixé le crucifix de porcelaine noire, sur le carreau de la salle, un petit tapis de laine bleue sur lequel le Père s'agenouillait pour prier.

Chaque jour cette même servante venait faire le ménage quand le Père allait dire sa messe à la

Església dels Sants Just i Pastor. Elle nettoyait les livres un à un avec le plumeau. Elle les reposait à plat ou les dressait à demi, ainsi qu'elle les avait trouvés au moment de son départ. Et, parce qu'elle ne savait pas lire, quoiqu'elle les disposât avec un soin scrupuleux, et aussi respectueux, dans l'ordre et dans l'apparence où elle les avait vus, le Père ne pouvait s'empêcher d'être agacé, bien qu'il lui sût gré de son soin, de découvrir qu'elle avait replacé un titre dans la même disposition mais à l'envers.

Le barbier passait tout les deux jours à dix heures. Il s'appelait Javier. Le Père se levait à l'aube. Il priait. Il copiait les parties du chœur dans la lumière de l'aube qui n'était qu'une lueur alors dans la chambre recouverte par l'ombre des frondaisons. A midi, il préférait aller manger un peu de pain trempé dans du lait au réfectoire d'un couvent voisin, pour ne pas devoir tout à son protecteur, et pour se réserver un peu de silence. L'après-midi, quand il n'était pas à l'église ou bien quand il ne répétait pas avec les enfants dans le potager des capucins, il visitait les pauvres ou il marchait dans la campagne.

Il rentrait en disant à la cuisinière ou aux servantes où en étaient les feuilles des légumes, la taille des fruits, l'état du ciel et pronostiquait sans erreur le temps qu'il ferait le lendemain.

Il dînait tous les soirs avec Don Oller qui venait le trouver parfois dans sa chambre, pour qu'il lui fît de la musique. L'intendant, au bout de cinq minutes, était en larmes. Il était sûr que le Père était un nouvel Orphée. Le Père Guimerà s'escrimait à expier de tels compliments et se punissait de l'idée de les rechercher, le jour qui suivait, en se contraignant à ne pas composer. Il sortait de sa chambre avant l'aube pour ne pas être tenté, allait sur le port, marchait dans le sable, haïssant les sons et les rythmes qui envahissaient sa tête sans qu'il le souhaitât en entendant le flot qui battait la grève.

Regardant la mer, il avait honte devant Dieu.

Il avait honte de l'insuffisance de sa prière. Les Saintes Ecritures disaient que tous les baptisés sont morts au monde. En quoi était-il mort au monde quand il chantait ? En quoi était-il mort au monde quand il observait dans la cour les servantes écumer le lait, tirer l'eau du puits, fendre les bûches, soulever le cul des poules pour leur prendre leurs œufs ? Il prit l'habitude de se rendre à la mer et de boire une timbale d'eau âcre à chaque fois qu'il avait eu plaisir à faire de la musique.

Quand il quittait le salon de Don Oller, quand il regagnait sa chambre, quand il s'asseyait devant le feu que Rina avait disposé et avait allumé dans l'âtre dès la fin de l'été, tant la chambre était humide, il regardait la bûche rougir et l'écoutait ronfler ou pétiller ou crier à petits coups. Il se contraignait à lire les prières obligées ou, plutôt, il les récitait sans les lire, faute qu'il perçût distinctement les caractères sur la page et il les répétait sitôt qu'il avait le sentiment de ne pas les avoir prononcées avec toute l'attention qui était nécessaire quand on s'adressait à Dieu. Cependant il ne pouvait dormir que le feu ne fût éteint, quelque froid qu'il fît. Il avait peur que tout brûlât pendant qu'il dormirait s'il laissait des braises encore rougies. Il mettait de l'eau sur les braises, les regardait longuement fumer, s'agenouillait sur le tapis de laine, priait et se couchait dans l'inquiétude.

Ainsi vivait le Père Guimerà. Il n'éprouvait pas de malheur, sans qu'il fût aussi heureux qu'il l'avait escompté lorsque Don Oller lui avait offert de vivre dans son hôtel. Jouer devant l'intendant du Seigneur Conseiller dans la galerie ou dans le salon, devant son épouse, ses enfants, ses hôtes, l'emplissait d'une appréhension qu'il n'avait pas soupçonnée et d'une timidité qui s'amplifiait le temps passant. C'étaient à chaque fois des tremblements de mains ou le cœur qui battait la chamade. N'étaient ces concerts et l'état de sa voix, il n'avait aucun souci, mais cette carence laissait place à des mécontentements plus vagues et à des dépits plus risibles. Ainsi avait-il voulu cette chambre ; il l'avait élue entre toutes parce qu'elle était silencieuse et pour ainsi dire indépendante du reste de l'hôtel, située entre la galerie et la terrasse, mais, parce qu'elle était à l'écart du reste de la résidence, plongée dans les arbres, et qu'elle ne recevait jamais le soleil, elle était humide et il arriva dès octobre que le Père fît deux angines coup sur coup si douloureuses que les sons ni les mots ne pouvaient passer ses lèvres et qu'il ne servit à rien qu'il se rendît à l'église, faute de pouvoir se faire entendre des enfants de chœur, de l'organiste, des trompettes et des hommes.

CHAPITRE III

Un jour, après l'octave de la Toussaint, après la Dédicace, alors que Carme avait fait à la cuisine des massepains, le temps fut subitement si froid que le Père Guimerà remarqua que le givre n'avait pas formé seulement ses dessins sur les carreaux de la fenêtre mais, parce que le bois avait joué, qu'une petite stalactite s'était formée à l'intérieur de la chambre. Il avança la main pour la toucher et sentit le vent qui s'engouffrait par l'ajouré du montant. Il alla trouver l'intendant et lui exposa sa misère. Don Oller alla trouver Carme et lui demanda d'envoyer chercher le menuisier pour le Père Guimerà.

Jésus n'était pas là : il était dans la banlieue de

Tortosa, dans la Tarraconaise, où il veillait sa mère qui avait été écrasée par le mur de l'étable, quand il s'était effondré. C'est ainsi qu'elle avait quitté le monde.

Carme réfléchit et dit à Don Oller que Rina, qui était la servante du Père et à qui il revenait de nettoyer sa chambre chaque jour, savait exécuter des petits travaux de menuiserie et qu'elle l'enverrait voir si elle pouvait faire quelque chose quand sa tâche serait achevée.

Quand Rina frappa à la porte de la chambre, le Père lui cria d'entrer et Rina entra dans ce qui la tuerait. Elle entra dans cette ombre.

Le Père Guimerà était en train de noter un cantique dans son lit tant le froid était vif ce jour-là ; il avait passé une vieille soutane mais il avait tiré la couverture sur lui ; il portait son luth sur ses genoux relevés ; il avait enfilé des mitaines qui ne le gênaient nullement pour pincer les cordes.

Les bras ballants, Rina resta devant le lit, le long visage maigre du Père Guimerà se porta sur elle au travers de ses lunettes rondes mais il ne la vit qu'à peine ; il lui sourit ou du moins il plissa ses joues ; il lui montra du menton la fenêtre tout en continuant de tâtonner avec les bouts glacés de ses doigts sur son luth.

La servante se tint debout devant la fenêtre, la main sur la bouche, examinant le travail qu'elle avait à faire. Elle avança subitement. Le Père vit la silhouette épaisse de la servante aveugler la lumière. Un filet de poudre de vapeur blanche la cerna. Elle se pencha brusquement en avant pour ôter avec son doigt la pendeloque glacée qui s'était formée à l'angle de la fenêtre.

Rina dut ouvrir avec force la fenêtre parce qu'elle résistait à sa main. Un vent glacé s'engouffra. Elle passa les doigts sur les montants, replia et déplia plusieurs fois de suite les vantaux qu'elle fit grincer, observant les gonds, et referma si rudement la fenêtre que le Père Guimerà sursauta. Puis elle quitta la chambre sans un mot.

Elle referma si rudement la porte derrière elle qu'il maudit sa vigueur. La ligne mélodique qui le poursuivait quand elle était entrée lui était échappée de l'esprit et, après s'être égarée dans l'air qui l'entourait, s'était définitivement éclipsée sous le coup de la porte rudement refermée. Le Père Guimerà reposa le luth près de lui, ôta ses lunettes, tira la courtepointe et, glissant ses doigts gelés sous elle, se prit à rêver.

« Il fait froid ! » dit-elle.

Il ouvrit les paupières : la servante était revenue et s'adressait à lui. Il la regarda faire. Elle s'approcha de l'âtre, les bras remplis d'objets qu'elle posa sur la pierre d'âtre. Elle disposa du petit bois et une bûche dans la cheminée, sans qu'elle y mît le feu. Elle était à genoux et il y avait près d'elle un briquet, un fer, un marteau.

Rina s'accroupit sous la fenêtre, déplia un chiffon

gris et disposa sur le carrelage un rabot rouillé dont la tête était en cuivre, des clous, un morceau de bois. Elle se tenait accroupie et le Père vit la serge de la robe qui se tendait sous ses fesses. Il détourna la tête.

Rina se redressa, ouvrit la fenêtre et commença à raboter la base du châssis. Elle se tenait de profil, avalant ses lèvres bourrelées. Elle avait un visage carré. Elle était assez jeune encore. Le Père Guimerà contempla le regard absorbé de la servante, son profil qui se détachait sur les branches nues des arbres et la lumière blanche d'hiver. Dieu donnait la lumière. Les branches noirâtres étaient couvertes de givre et de petits glaçons qui étincelaient. Il aperçut le contour de son sein aussi, tendu en avant et contre lequel son poing et le rabot venaient cogner à chaque mouvement. Rina était robuste et ses seins étaient lourds. Après chaque coup de rabot le sein se reformait et se couvrait de lumière. Quand le rabot revenait, il semblait rebondir contre le sein de Rina comme s'il se fût agi d'une balle pleine de son.

La servante ramassa ensuite la pièce de bois. Il la vit calculer la forme qu'elle entendait lui donner, la découper, l'ajuster au châssis. Elle la cloua enfin. Rina essaya la fenêtre en la faisant de nouveau tourner sur ses gonds, fit glisser encore quelque temps le rabot, referma la fenêtre, recula.

Elle était toute rouge et paraissait contente d'elle. Elle ne jeta pas un regard au Père, revint vers l'âtre, s'accroupit et alluma le feu. Après qu'elle l'eut allumé, après qu'il se fut embrasé, après qu'elle eut ramassé ses outils dans son chiffon et recueilli la poussière et les copeaux de bois dans sa paume, elle se tourna vers lui. Elle ne souriait pas. Elle le regarda avec un air grave. Elle dit que c'était fini et qu'elle avait su faire cela.

« Señor Rector, dit-elle enfin, la chaleur va bientôt être là. »

Elle parlait à voix basse, toute droite et, plus encore, tenant son visage en arrière, comme si elle ne voulait pas que sa voix heurtât les murs. Elle prononçait les mots de façon brusque et sourde, les poussant tout bas devant elle et parler semblait lui coûter un effort.

Elle se tenait à contre-jour du Père, examinant de haut, la tête relevée, son regard dans l'ombre. Lui-même ne pouvait pas percevoir l'expression de ses yeux. Le Père Guimerà dit :

« Dieu soit loué ! Dieu de bonté, auteur de la lumière ! »

Il redressa son dos et récita le *Lucis creator*. Elle le regardait sans comprendre les mots anciens qu'il prononçait. Elle demeurait immobile, cernée de poussières de lumière. Le Père repoussa la courtepointe au-delà de ses genoux, tira sur sa soutane, s'assit sur le bord du lit, tendant la cuisse, fouillant dans la poche de sa soutane pour lui donner une pièce mais il ne trouva pas de monnaie dans sa poche. Il se leva et se dirigea vers le coffre, dénoua une bourse et y prit deux petites pièces qu'il lui tendit.

Elle ne leva pas les yeux sur lui. Cette femme était une grande masse obscure simplement revêtue par l'or de la lumière. Elle refusa à quatre reprises en faisant non avec sa tête et son torse. Il posa les pièces dans la sciure qui était dans sa paume ouverte. Avec sa main droite elle saisit aussitôt la main du Père et lui restitua les pièces.

Tout à coup, du fond de son ombre, elle dit fièrement, comme si les mots explosaient sur ses lèvres :

« Señor Rector, je suis une servante. Je ne suis pas une pauvre. Si vous voulez me donner une récompense, j'aimerais que vous me laissiez entendre la musique que vous faites. C'est cela que je souhaiterais plutôt que deux pièces de cuivre. Je me tiendrais debout dans le coin-là. »

Rina montra avec le doigt au Père l'angle de la chambre opposé au feu qui crépitait.

Le Père Guimerà inclina la tête. Il dit :

« Bien, ma fille. Il en sera comme vous l'aurez souhaité. »

Mais elle était déjà partie. La porte claqua une nouvelle fois avec force quand elle la tira derrière elle et ce bruit fit encore sauter le cœur du Père dans sa poitrine.

CHAPITRE IV

Le Père joua deux fois pour elle coup sur coup : la servante se tenait dans l'ombre, dans l'angle du mur qu'elle avait désigné, ne disait rien, ce qui plongeait le Père dans l'anxiété à l'égard de la valeur de son art. Puis elle s'en allait aussitôt. Le Père Guimerà s'imagina que la forte servante était apparentée aux animaux nyctalopes ou aux chouettes. Quand il faisait de la musique, elle regardait dans la nuit qui envahissait la salle en bougeant lentement le visage, les yeux fixés droit devant elle, en l'écoutant ; puis elle refermait très lentement les paupières sur ses yeux et demeurait alors plongée dans sa nuit. Toujours silencieuse, elle se fondait à l'ombre, disparaissant sans bruit et sans attendre quand il avait fini. Désormais elle ne tirait plus la porte violemment derrière elle. La première fois, un peu avant l'heure qu'il avait dite, elle avait frappé bruyamment. Il était allé ouvrir et l'avait réprimandée sur le bruit excessif qu'elle faisait en ouvrant et en fermant les portes. Elle s'était glissée par la porte entrouverte sans lui répondre et s'était dirigée tout droit dans l'angle le plus obscur de la chambre, dans le coin opposé au lit, entre la grande fenêtre et le coffre de cuir. Elle était restée debout. Tout d'abord elle avait osé à peine le regarder, avec ce curieux air de chouette terrifiée et dédaigneuse, les yeux baissés. La musique se lamentait d'abord si doucement qu'elle avait désiré ne pas respirer, crainte de faire du bruit, crainte de se faire reprendre par le Père. Puis la mélodie s'était faite si insinuante qu'elle s'était mise à respirer à sa mesure et s'était mise à frissonner. Le rythme du Père obligeait comme un maître. Les battements du cœur eux-mêmes étaient à la merci de son chant. Rina avait fermé plus fort ses yeux. Puis elle avait été complètement transportée, entraînée au-dehors de la demeure, au-dehors de la cité de Barcelone, au-dehors de la Catalogne, au-dehors de la terre.

Avant qu'il jouât, le Père devenait timide, apeuré, presque enfantin. Il regardait à la dérobée Rina, mais encore jetait des coups d'œil à la porte et à la fenêtre comme si des visiteurs invisibles s'y dissimulaient. Puis il fermait les yeux. Tout son corps se redressait. Il hésitait un instant encore. Enfin il faisait sonner les cordes tout bas et les accordait. Au bout d'un certain temps il les pinçait vraiment, le son s'amplifiait soudain et son visage aigu s'amincissait. Son corps si frêle s'allongeait encore. Il chantait.

Ses mains très longues, aux doigts extrêmement longs et lisses, si doux, toujours frais, d'une agilité étonnante sur les cordes du luth, étaient maladroites dans la vie courante. Il les blessait souvent par mégarde et en était exaspéré. Il lâchait singulièrement les cruches pleines ou à demi pleines. L'hiver il protégeait ses mains avec des moufles en laine, qu'il glissait par-dessus ses mitaines, et qu'il conservait quelquefois dans l'église pour diriger le chœur des hommes.

Le Père Guimerà avait aussi des impressions subites, et qu'on ne pouvait pas apaiser avant de longues heures, et par lesquelles il devenait certain que ce qu'il faisait était indigne de ceux qui l'écoutaient et que le ridicule était évident pour tous, ou bien qu'il était sur le point d'éclater soudain au grand jour.

Quand personne n'était là pour l'entendre, dans la nuit, c'était soudain un jaillissement spontané, naturel, miraculeux, aussi inexplicable qu'involontaire de musique et de douleur dont il était lui-même étonné et dont il lui semblait devenir presque le spectateur au fur et à mesure qu'il se produisait.

Quelquefois il se faisait pleurer lui-même. Il s'arrêtait. Il pleurait à chaudes larmes en tenant le luth sur ses genoux. Tout son dos tressautait et il ne pouvait pas reprendre. Comme il avait honte devant elle de se faire pleurer lui-même, il disait à la servante que sa musique n'était pas sa musique et que s'il devait endosser la paternité de ce qui était mauvais en elle, il ne pouvait pas en avoir le mérite quand elle émouvait.

Elle fermait les yeux. Le Père songeait sans cesse aux chouettes, aux hiboux, aux dames blanches, aux chauves-souris qui sortaient de leur cache la nuit tombée, qui rêvaient le monde, qui ne surveillaient que ses ombres, qui ne dévoraient que dans les ténèbres des morceaux de ténèbres. Il joua pour elle l'air qu'il avait mis sur le psaume CI : « J'ai été foulé comme de l'herbe et mon cœur s'est flétri. J'ai été comme le hibou dans sa solitude. » Cela amusait le Père de lui chanter ce psaume. Le Père ne pressentait rien de ce que la servante éprouvait en écoutant sa musique. Ses paupières restaient à peu près closes. Son front, ses grosses lèvres paraissaient impassibles. Elle ne prononçait pas un mot. Le Père croyait qu'elle dormait puis il imagina qu'elle venait se reposer tant elle était lasse de tous les travaux qu'elle faisait dans la maison et dans la basse-cour de Don Oller. Aussi sa présence ne le gênait-elle pas et il se mit à jouer devant elle comme s'il était seul. C'est ainsi qu'elle entendit sa meilleure musique et les plus tristes de ses chants. Au demeurant, ils se voyaient peu. Elle faisait la chambre, vidait le seau serviteur, ramassait son linge ou, le soir, préparait le feu et le lit quand il n'était pas là. Il la voyait à l'aube dans la cour. Un soir, il la rencontra dans la galerie portant du bois pour les cheminées et il se risqua à lui demander si elle avait aimé la musique qu'il lui avait chantée la fois précédente, si elle souhaitait l'entendre de nouveau. Il vit une larme grossir près de la paupière de la servante tandis qu'il s'interrogeait tout haut devant elle sur la valeur de sa musique et Rina cria un petit oui en passant devant lui en précipitant le pas.

CHAPITRE V

Le deuxième dimanche de l'Avent le Père Guimerà se rendit à la cuisine. Il surprit la jeune servante en train de cracher sur le fourneau de fonte pour vérifier la température. Cela sentait bon. Elle avait fait des torrons. Elle tenait un moule à gâteau à la main. La salive gonfla et se mit à grésiller aussitôt. Elle posa le gâteau sur le fourneau.

Rina était en train d'essuyer ses mains souillées à son tablier quand il lui demanda : « Ma fille, irez-vous rejoindre votre famille lors de la fête de Nativité de Dieu ? »

Elle baissa les yeux car il n'y avait pas de Noël pour les servantes, pour personne aux cuisines, ni au jardin, ni à l'écurie. Il y avait simplement un verre de vin à midi mais elle n'avait pas de goût pour le vin.

Le lendemain de Noël, au retour des messes, le Père Guimerà acheta un bouquet de feuilles de houx sur la place de la cathédrale qu'il offrit à Doña Ester. Il se rendit aussi à la cuisine. Il avait le visage creusé par la fatigue. Il s'assit et posa son chapeau. Il sortit de la poche de sa soutane une médaille pieuse qu'il offrit à Rina et qui représentait l'effigie de Santa Llúcia.

Elle la prit : elle était toute chaude de sa main. Elle saisit la main du Père et lui baisa les doigts très vite. La main du Père Guimerà était tiède et osseuse. Elle sentit ses os sur ses lèvres. Le Père haussait les sourcils et dévisageait Rina. Il se mit debout. Le désarroi se lisait sur son visage. Rina était plus grande que lui et avait un visage carré. Il découvrit que le froid avait décoloré et crevassé les grosses lèvres de la servante. Elle quitta la cuisine. Elle descendait les degrés qui donnaient sur la cour. Par la fenêtre, il la suivit du regard. Il faisait trop froid pour qu'il sortît. Les oiseaux n'avaient rien à manger. Le gel durcissait le sol. Le Père Guimerà souffrait du froid dans sa chambre qui était beaucoup trop vaste pour pouvoir être convenablement chauffée. Il était las. Il monta à la galerie et se dirigea vers sa chambre. Les carreaux étaient pris de gel même si le vent ne passait plus entre le châssis et les montants. Il s'assit. Il voulut prier.

Dans son fauteuil recouvert d'une tapisserie verte usée, les deux mains glissées dans la ceinture de la soutane, il contemplait les dessins du givre devant lui.

Ce n'étaient plus des semblants de fougères qu'ils composaient mais des grandes fleurs.

C'étaient les seules fleurs qu'il eût reçues à l'occasion de la Nativité de Dieu et c'était le froid qui les lui offrait. C'étaient des grandes fleurs que le soleil n'accroîtrait pas, mais qu'un rayon ferait fondre.

Il sortit les deux mains de la ceinture de la soutane et s'agrippa aux deux bras du fauteuil. Ce dessin de lumière que l'hiver lui faisait était le seul cadeau qui lui eût été destiné pour la Santa Llúcia. Il était seul au monde, n'était une grand-tante – la sœur de son grand-père – qui s'était retirée dans un couvent de France, à Ille, près de Perpignan. Il détourna la tête de la fenêtre. Il quitta la chambre.

Il s'arrêta dans la galerie pour replacer son chapeau. La bise soufflait de façon sèche. Elle mordait la peau. La cour était vide de bêtes : les poussins et les oies se terraient dans le poulailler. Le froid était si vif qu'il faisait mal aux yeux. Le Père remarqua la servante au loin qui revenait, marchant le long des écuries ; elle avait ôté son tablier qu'elle tenait à la main ; elle portait une grande robe de serge brune. Elle était grande et droite. Elle revenait de la remise et des soupentes et se dirigeait vers les cuisines. Du haut de la galerie, il lui fit un signe. Elle leva la tête et s'immobilisa.

Il descendit dans la cour par la terrasse. Elle ne bougeait pas malgré la bise qui perçait le bout des doigts et les oreilles ; il s'approcha d'elle mais elle n'ouvrit pas la bouche. Elle tenait le poing fermé sur la médaille pieuse. Le vent glacé sifflait autour d'eux. Elle le regarda droit dans les yeux en silence avec une espèce de dédain. Il n'en souffrit pas parce qu'il savait maintenant qu'elle était de nature silencieuse et que lui-même aurait été bien en peine de trouver quelque chose à dire. Elle ne s'était liée d'amitié avec aucune autre servante. Elle ne parlait jamais aux commis. Carme était seule à lui inspirer du respect et une manière de lien en était résulté entre elles deux. Parfois, la cuisinière et elle s'asseyaient toutes deux sur les marches de la cuisine. Toutes deux étaient grosses et toutes deux taiseuses. A elles deux, elles occupaient tout l'espace de la marche. Pour peu que le menuisier ou le petit valet d'écurie approchassent, ils attendaient que Carme et Rina eussent fini leur tasse de babeurre. Le petit Ibrahîm raclait la semelle de ses bottes sur le décrottoir caché par les buissons de mûres, près des degrés, parmi les herbes. Elles buvaient lentement, en silence, leur tasse de babeurre. Elles ne se parlaient pas. Elles étaient fières, collées l'une à l'autre et lointaines.

Le Père Guimerà subitement gagna le salon de Doña Ester. Rina, transie de froid, reprit son chemin vers les cuisines.

CHAPITRE VI

Le matin, avant l'aube, Rina et Jeronima, toutes deux pieds nus, balayaient dans la pénombre les salons. Ensuite, toujours sans leurs socques, elles ouvraient les rideaux, faisaient les lits, vidaient les serviteurs, époussetaient les chambres. Elles n'étaient pas coiffées encore et restaient en chemise tant que durait le ménage, c'est-à-dire qu'elles gardaient les cheveux nattés, la tête enveloppée d'un chiffon de toile. Quand l'heure était venue de rejoindre Carme à la cuisine pour aider, elles remettaient leurs socques, se lavaient dans la cour, se dénattaient, se peignaient, mettaient leur coiffe dans l'arrière-cuisine, enfin nouaient leur tablier.

Rina, au contraire de Jeronima et de Nùria, ne servait pas à table parce qu'elle était trop rude. Elle appelait franchise ce qui n'était que rudesse. Rina ne mettait pas de coiffe quand elle se rendait chez les maîtres. La Señora Doña Ester lui faisait aussi reproche de ne sourire jamais. Elle épluchait et elle aidait la cuisinière.

Les jours de fête, elle aidait à faire les pâtisseries.

L'après-midi, c'étaient les travaux d'aiguille ; elle n'était pas maladroite pour ravauder et, en dépit de ses gros doigts aux bouts épais, elle passait pour broder joliment. Puis c'étaient les feux à allumer, les lits à préparer et à bassiner, les seaux serviteurs à disposer, le souper, la vaisselle du soir et, entre onze heures et minuit, elle était libre.

Rina avait peu de choses qui lui appartenaient et qu'elle dissimulait sous sa paillasse : une image, un crucifix qu'elle tenait de sa mère, la médaille pieuse de Santa Llúcia que le Père lui avait donnée mais qu'elle n'avait pu passer à son cou faute qu'elle possédât une chaîne ; une bobine de fil gris dont elle n'usait pas et qu'elle conservait filialement parce que son père lui en avait fait don avant de mourir, alors qu'il partageait, de son vivant, entre ses sœurs et elle, les objets qu'il avait conservés de leur mère après son décès. Rien ne lui était revenu des terres du père mais la charrette était à elle, même si c'était son frère Senen qui en avait l'usage. L'idée de posséder une charrette lui paraissait honorable et elle s'en enorgueillissait. Elle avait économisé de l'argent qu'elle avait mis dans une boîte de sucre en fer ornée de guirlandes et de petits paniers remplis de fleurs peintes, que Carme lui avait cédée contre deux carottes de tabac qu'elle était allée acheter pour elle. Carme répugnait à se déplacer parce qu'elle était grosse et parce que ses jambes lui faisaient mal et gonflaient sans cesse. Rina Jonques possédait aussi une paire de chandeliers qu'elle avait confiés en partant pour Barcelone à sa tante, Montse, la sœur aînée de sa mère.

Rina Jonques avait vingt-six ans. Elle repoussait les avances des hommes parce que les choses sales la choquaient. Elle ne riait jamais quand ils tenaient devant elle des propos grossiers. Elle était gourmande. Elle avait, toujours cachée sous sa paillasse, une réserve de châtaignes, de raisins séchés et de pommes d'hiver qui la rassurait et dont l'odeur, le soir, lui plaisait. Elle imaginait alors un pommier sauvage rabougri, la rivière rouge, la serra de Montserrat, la grotte, les vignes à la fin de l'été. Puis elle s'endormait. Ou encore elle songeait au petit de Nùria qui venait de naître après que Jacint, le teinturier, l'eut engrossée, et à son poing minuscule, pas plus gros qu'un marron, qu'il serrait très fort en hurlant. Il lui arrivait aussi, maintenant, de se souvenir de la main du Père, avant d'entrer dans le sommeil, les doigts longs et pâles sortant des mitaines de laine brune, qui courait sur tous les rangs de cordes de luth comme une araignée affolée.

Rina s'efforçait de ne jamais entrer dans les chambres des maîtres ou de leurs hôtes que leur occupant ne fût sorti. Il se trouvait que le Père Guimerà quittait rarement sa chambre le matin quand il était revenu de sa messe. Elle n'osait pas entrer dans sa chambre. Elle redoutait de l'interrompre dans ses prières ou dans sa musique. Elle attendait à sa porte qu'il fût parti pour épousseter, pour aller jeter son ordure, pour tirer les draps, pour balayer le carreau, pour nettoyer et préparer l'âtre pour le soir, si bien qu'il ne la voyait jamais.

Un jour, alors qu'il revenait de la préparation de la fête des Reis Mags et de la procession qui suivrait l'arrivée au port des rois de l'Orient, il était si tard, il était si las, il avait si faim qu'il se rendit à la cuisine et qu'il la trouva encore debout, devant le fourneau. Il serra ses mains l'une sur l'autre et lui avoua qu'il n'avait pas déjeuné à onze heures, lui demandant s'il ne se trouvait pas quelque chose qu'il pût manger. Rina Jonques se tourna vers lui, les yeux pleins de joie, et lui dit qu'il n'y avait pas grand-chose mais qu'elle allait chercher des biscuits et tirer un peu de vin de Majorque puisqu'il le préférait à celui de Montserrat. Le Père Guimerà rougit et lui demanda si elle ne pouvait pas plutôt faire sauter une saucisse dans la poêle, qu'il mangerait en l'accompagnant d'un peu de bière. Elle rit soudain. Elle riait en hochant la tête.

« N'est-ce pas bientôt l'arrivée des rois de l'Orient près de Dieu ? Qu'est-ce en regard de l'encens et de la myrrhe qu'une saucisse et un pot de bière ? » lui avait dit le Père Guimerà, comme s'il s'était senti contraint de fournir un motif pour expliquer l'envie de saucisse qui l'avait pris soudain.

La graisse s'était mise à siffler dans la poêle. Rina avait murmuré, le dos tourné, qu'elle ne considérait pas que le fumet d'une saucisse qu'elle faisait frire fût de l'encens. Elle avait piqué la saucisse avec la fourchette et avait servi le Père. Il était assis à table, son long nez luisant à la lumière de la lampe à huile, et mangeait la saucisse.

Rina avait regardé le Père en souriant parce qu'assis devant la table de la cuisine avec son pot de bière, la mousse avait déposé son écume sur sa lèvre et au bout de son grand nez. Elle l'avait trouvé drôle ainsi, avec sa moustache blanche et sa gourmandise soudaine.

CHAPITRE VII

Quand arrivèrent les Reis Mags, Rina prit sa mantille, descendit sur le port de Barcelone et se mêla à la foule. Elle allait aux messes où le Père Guimerà dirigeait les chœurs. Le Père eut une nouvelle angine. Elle l'avait soigné. A Carnestoltes, le Père Guimerà lui offrit une perle parfumée. Elle la reçut le sang aux joues. Elle la rangea sous sa paillasse. Elle y songeait souvent. La perle était presque noire. Elle sentait à la fois la cannelle et la rose et aussi des senteurs qu'elle ne connaissait pas.

Il avait tendu sa main vers elle, la longue paume ouverte, avec un petit paquet jaune cacheté à la cire verte au milieu, dans les rides, dans les lignes de vie de la paume. Elle avait sous les yeux un cadeau. Ce n'était pas une médaille pieuse. C'était un vrai cadeau de femme. Il y a des instants dans la vie humaine où ce qui arrive est plus beau que ce qu'on pouvait prévoir, et où la joie fait si mal qu'il faut faire un effort pour retrouver sa respiration et ne pas mourir. Jamais Rina n'avait vu sous ses yeux un cadeau, un don comme l'intendant faisait à Doña Ester, un présent enveloppé d'un papier et fermé par un ruban d'or cacheté. Jamais rien ne lui avait été offert de la main à la main — la seule chose de ce monde qu'elle possédât étant la charrette qu'elle avait acquise par héritage mais que son frère aîné avait conservée parce qu'il en avait l'usage, et les deux chandeliers de cuivre de la sœur de sa mère, ces derniers n'étant qu'un prêt puisqu'ils ne lui reviendraient en vérité qu'au cas où elle mourrait.

Elle vit dans la longue main blanche le petit paquet jaune et vert ; elle sentit ses jambes qui tremblaient ; elle sentit ses seins lui faire mal à force de bonheur ; elle sentit à sa taille, à la ceinture de son tablier, que son ventre allait éclater ; elle ressentit qu'elle avait envie d'embrasser la joue du Père ; elle manqua tomber.

Le Père Guimerà lui prit la main et l'aida à s'asseoir sur le coffre de cuir. Il lui mit entre les doigts le petit paquet. Elle ouvrit les yeux et elle lui sourit. Elle le regarda longuement, éperdument.

Rina comprit soudain à son regard qu'il attendait d'elle qu'elle ouvrît le paquet.

Elle aurait souhaité ne pas l'ouvrir aussitôt. Elle ne comprenait pas pourquoi elle ne pouvait pas garder cet instant pour elle seule, et confier la joie de l'ouvrir au moment où elle en aurait le plus de plaisir.

Elle rompit sous les yeux du Père Guimerà le cachet qui retenait le ruban d'or. Elle développa le petit papier huileux. Apparut une odeur merveilleuse. C'était une perle grise brillante comme un morceau de charbon. Elle pencha son visage et approcha son nez du papier et de la perle. Elle se mit à genoux et le Père la releva aussitôt avec un air sévère. Le Père Guimerà détourna son visage ; il la reconduisit à la porte avec un air faux et méchant ; il la mit à la porte et repoussa la porte sur elle.

Rina se tint immobile dans le couloir obscur. Elle sentit sur ses narines et sur sa lèvre que ses larmes coulaient. Il est heureux que les larmes précèdent les douleurs. Les larmes nous précèdent. La mort nous précède. Nous allons. Nous courons aux dernières larmes. Nous soulevons nos jupes pour hâter le pas encore et nous nous précipitons dans les bras de ce qui nous précède.

Rina Jonques avait porté la perle à son nez et respirait.

Rina replia le papier ; avança dans le couloir ; suivit la galerie ; traversa la cour ; longea les écuries ; entra dans la remise ; se hissa sur les barreaux de l'échelle ;

alla droit à sa paillasse; tomba à genoux la main refermée sur la perle et le morceau de papier, emportée contre elle-même de s'être mise à genoux, furieuse d'avoir pleuré. Elle se retourna, s'assit, s'installa sous la poutre de la soupente. Elle reprit souffle. Elle eut l'impression d'être une barque dans la mer que la tempête cherchait à faire verser, où l'eau s'engouffrait, qui était sur le point de chavirer soudain. Elle porta la main par terre sur le plancher de la soupente. Le bonheur se déploya en elle. Elle se mit à chantonner en se balançant sur elle-même et en tournant la tête sur le bois de la poutre. Elle avait un cadeau et elle commençait à souffrir.

CHAPITRE VIII

Le dogue d'Ibrahîm, jusque-là assis sur son derrière, se dressa brusquement pour poursuivre une guêpe. Il la happa enfin dans un grand bruit de dents. Entre les mâchoires que le dogue relançait brusquement l'une contre l'autre pour s'assurer de bien broyer sa prise avec un bruit de claquement vide, Rina vit au loin la soutane du Père qui entrait dans la cour de Don Oller. Le Père Guimerà revenait de la banlieue de la cité de Barcelone où il se rendait souvent le soir, depuis que l'hiver et le froid s'en allaient. Il faisait des gestes avec ses longues mains. Ses yeux brillaient. Il parlait fiévreusement. Après avoir franchi l'ancienne enceinte des Romains, il avait vu une charrette de légumes dont la roue avait échappé à la pierre qui la retenait. La charrette, en brinquebalant, avait descendu la pente de la ruelle. Son poids et l'inclinaison de la rue avaient accru sa vitesse ; les salades s'étaient mises à tomber, le Père dit qu'il avait ri, qu'il en avait du désespoir, que Dieu le punirait, la charrette heurtait les murs, les gens criaient et la plupart s'effaçaient sur son passage ; en bout de course le barbier du Seigneur Conseiller Nadall et de Don Oller fut écrasé par elle ; la roue cerclée de fer lui était grimpée sur le cou ; le vieux Javier était mort aussitôt. Le Père Guimerà avait mis un genou sur le pavé auprès du cadavre du barbier dont le sang jaillissait encore des veines du cou par de brèves et puissantes pulsations. Il avait prononcé la prière des morts. Il l'avait béni. Il dit qu'il avait chanté *Lux Perpetua* : « La lumière éternelle brillera pour l'âme bienheureuse », et la foule derrière lui s'était associée à son chant pour l'âme de Javier.

Rina écoutait, assise sur la plus haute marche de la cuisine. Elle cousait une poupée de chiffon pour l'enfant de Nùria. Carme et Jeronima se tenaient debout derrière elle.

Devant elles toutes, le Père Guimerà mimait la mort de Javier, la course de la charrette, le hasard du parcours, les salades vertes qui tombaient, leur ami mort. Enfin, le Père demanda à Rina de le raser, puisque le barbier était mort. Il était très nerveux.

Elle eut toujours peur. Elle ne trembla jamais.

La barbe du Père était sèche et toute grise. Rina était décontenancée par le grand cou et appréhendait de blesser la pomme d'Adam mal rasée qui pointait et qui bougeait de façon soudaine et presque maladroite quand le Père déglutissait. Ce n'est qu'au bout de plusieurs semaines que cette pomme osseuse en travers du cou lui parut touchante à force de ne pas paraître dépendre de la volonté du Père Guimerà à qui elle demandait, quand elle faisait glisser le rasoir, de ne pas avaler.

Ce jour-là, le premier jour où elle effila le rasoir, où elle barbouilla les joues du Père de savon, où elle posa le rasoir sur sa tempe, pour la première fois elle sentit son odeur. Elle aimait jusqu'à ses cheveux gris et luisants, un peu longs, qui dépassaient sur la collerette.

Elle l'obligea en lui demandant s'il souhaitait qu'elle les lui égalisât. Il la remercia avec politesse d'y avoir songé mais il refusa.

Il ne lui paraissait pas que Dieu, déclara-t-il, quand il était venu sur la terre, eût porté les cheveux courts.

Depuis Carnestoltes, le Père Guimerà consacrait toutes les après-midi à enseigner l'harmonie à son élève. Americo était un petit chanteur de la Església dels Sants Just i Pastor. Il avait douze ans et présentait des dispositions exceptionnelles pour la musique. Don Oller l'appréciait et avait proposé au

Père Guimerà de payer les études de l'enfant à condition qu'il le fît aussi chanter à ses côtés dans la galerie quand il avait des hôtes. Le Père Guimerà aimait infiniment l'enfant, qui était plus doué qu'il n'était travailleur. Americo était maigre comme une herbe. Il était chétif mais il avait un assez beau visage, ou du moins son sourire était désarmant.

CHAPITRE IX

Le Père Guimerà continuait de faire venir Rina mais moins fréquemment, seulement quand il était seul.

Jamais quand il s'exerçait en duo avec Americo en s'aidant du clavier.

Jamais il n'évoqua son enfance devant elle, sinon qu'il avait pensé, quand il avait l'âge d'Americo, à se détourner du chant mais qu'au séminaire les Pères avaient exigé de lui qu'il n'en fît rien en raison des facilités qu'il y avait et qui venaient de Dieu. Americo prétendait que lui, un jour, irait se produire à Madrid ou à Milan.

Le Père Guimerà disait :

« Je n'ai jamais eu de puissance sonore. Aurais-je vaincu ma timidité, je n'aurais pu faire carrière dans une cour, ni dans une grande capitale comme Londres, ou comme Milan, parce que personne ne m'aurait entendu. Je n'aurais jamais su couvrir le son d'une fourchette dans une assiette, d'une femme qui s'esclaffe, d'une chaise qui grince, d'une tasse qu'on repose dans la soucoupe. »

Le Père Guimerà disait :

« J'aurais préféré servir Dieu dans son silence, au fond du monastère. Mais il n'en a pas été selon mon désir. Je suis un homme que la musique a ployé. Le dessus de mon crâne est devenu chauve et ma tête tombe. »

Avant de jouer, son visage était empreint d'angoisse et il fit sentir parfois à Rina, avant qu'il se rendît dans la salon de Don Oller, combien ses mains pouvaient être glacées. Il lui disait qu'il ne pourrait jamais jouer tout à l'heure, et la regardait avec un curieux air suppliant où se mêlaient autant de résignation que de satisfaction. Alors elle prenait ses mains dans les siennes, les réchauffait longuement puis elle lui murmurait qu'il était temps, qu'il ne pouvait faire attendre davantage le maître et ses hôtes. Le Père inclinait la tête en soupirant et partait chanter ou accompagner Americo qui était déjà là-bas.

D'autres fois, il revenait du salon de l'intendant avec des crises de larmes incoercibles et disait qu'il avait été insatisfaisant et que plus jamais il ne toucherait un instrument de musique. Elle lui prenait alors encore les mains et le rassurait tout en se taisant.

Les jours où Americo n'était pas là et où il l'invitait à monter à sa chambre, elle attendait avec patience l'heure où il allait jouer tout en espérant qu'elle fût la plus tardive possible. La chute du jour, quand les ombres devenaient immenses, rendait aux couleurs leurs nuances et annulait leurs formes. En quittant le monde, chaque jour, la lumière cédait le pas devant l'abandon. Le ciel répudiait la violence brûlante du soleil. Rina aimait ce soleil délaissé et ces couleurs soudain étiolées et perdues. Elle aimait l'angoisse qui venait avec l'ombre, le vide de la faim, la fatigue qui prenait sa mesure dans les membres un à un.

Pour la remercier d'avoir accepté de se substituer au barbier du Seigneur Conseiller, le Père Guimerà offrit à Rina Jonques son troisième et dernier cadeau. C'était un petit livre de prières rempli de miniatures, qui était relié avec de la soie bleue. Les prières étaient imprimées en caractères minuscules et ravissants. Rina Jonques souffrit de ne pas savoir lire. Elle n'osa pas demander aussitôt au Père qu'il les lui lût à haute voix, ou qu'il les lui résumât pour qu'elle en comprît le sens. Il y avait des images en rouge, en jaune et en noir qui étaient délicates. Elle le feuilleta sans oser cette fois remercier le Père de son présent. Elle était cramoisie. Elle monta à sa soupente. Elle l'entoura d'un morceau de drap et le mit avec ses provisions.

Elle devenait riche. Elle était malheureuse qu'il se montrât si généreux alors qu'elle ne lui faisait aucun don. En faisant sa chambre, elle avait remarqué qu'il ne recevait rien sinon les lés d'étoffe noire que lui remettait Don Oller pour ses soutanes. Il ne possédait que son luth et ses livres, une bassinoire, une paire de besicles de rechange, des boyaux de Lyon à foison, deux bougeoirs en cuivre, deux chemises, trois culottes, des bas, un pourpoint, deux soutanes usées que Jacint devait reteindre tous les mois, et le bénitier en porcelaine. Le Père Guimerà ne recevait même pas de courrier. Peut-être recevait-il son courrier directement à la Església dels Sants Just i Pastor ou à l'évêché.

CHAPITRE X

Tout était long chez le Père : les bras, les mains, le long dos déformé, le cou interminable où saillaient les petits os anguleux de la pomme d'Adam. La tête penchait comme si tout l'homme allait s'effondrer. Il avait une silhouette dégingandée et presque molle. Il était timide. Il semblait craindre tout. Il était maniaque. Il pouvait être méchant.

Son comportement était imprévisible comme son humeur la plupart du temps était sombre.

Don Oller disait que c'était un homme efflanqué et grisonnant qui avait l'apparence d'une sauterelle grise. Sa constitution n'était pas robuste. Il mangeait peu et donnait souvent son morceau de viande au chat de Doña Ester qui jouait sous la table.

Maigre silhouette voûtée, écrasée sous le poids des frayeurs, il avançait en trottant à petits pas mal assurés. Il portait sur son visage, au-delà de la froideur, une espèce de tristesse sèche.

Son visage, quand il pinçait les rangs de cordes de son luth, ne trahissait aucune expression. Ses lèvres ne bougeaient pas. Son torse suivait seulement un imperceptible balancement qui marquait la mesure.

Il appelait avec causticité son luth sa coque de noix. Il restait des heures à prier et à reprendre ses prières. Son élocution était faite de petites phrases courtes, sans liaison les unes avec les autres, et avec un débit très rapide. Il les crachait. Ses lèvres étaient fines. Sa voix était basse et il ne l'élevait jamais – ou du moins très rarement au cours d'accès de colère froide ou encore de courroux maniaque et ridicule.

Il saluait gauchement, triturant la ceinture de sa soutane.

Il disait souvent à Don Oller, quand ce dernier le félicitait sur sa musique :

« Je vous jure que rien de ce que je fais ne correspond à ce que j'aurais voulu faire. »

C'était vrai. Il aimait moins la musique qu'il n'était possédé par elle. Il n'allait jamais écouter les autres musiciens.

Le Père Guimerà souffrait de migraines pénibles et, de temps en temps, de graves troubles de la vue.

Tout à coup il ne voyait plus que la moitié droite de la page de la partition ou des copies qu'il faisait faire à Americo pour les chanteurs. Le médecin oculiste avait dit qu'une poche d'eau ou un caillot de sang devait peser sur le nerf optique mais qu'on ne pouvait pas y remédier. Le médecin avait ajouté que ceux qui s'étaient risqués à découper l'os du crâne n'avaient provoqué que la mort. Mais ces accès de cécité partielle n'étaient ni fréquents ni durables et ils se retiraient aussi inexplicablement qu'ils étaient apparus, au point qu'on pouvait douter de leur réalité.

Il aimait la lumière et les jardins. Il éprouvait une véritable phobie à l'encontre des bruits. Tout ce qui rompait brutalement le silence l'épouvantait. Tout ce qui brisait un tant soit peu l'équilibre sonore d'un lieu le faisait sauter au plafond. Une chaise qui tombait le faisait souffrir au point de le faire trembler. Un éternuement, et il pouvait se mettre en colère. Une bûche tombait-elle dans le feu, il criait. D'ailleurs il se mit à haïr le feu. Les feux étaient à la source de bruits qui l'angoissaient. A la moindre détonation, il pouvait devenir grossier ou maussade.

Il semblait porteur d'un secret impénétrable, qu'il tairait toujours. Le Père Guimerà semblait perpétuellement avoir volé quelque chose.

Ce n'était pas un homme à avoir entrevu la face terrible de Dieu mais tout ce qu'il faisait tombait sous son regard. Tout l'effrayait. Il ne savait pas rire. Quand il riait, c'était un long sanglot silencieux des épaules. Mais ce n'était pas un rire. Les yeux ne brillaient pas.

Le Père Guimerà avait une manière de jouer indéfinissable, fluide, modeste, ailée, pure de tout effet, simple et presque plate comme l'eau.

Le Père Guimerà avait tendance, du fait de sa timidité, à jouer trop vite au début. Dès qu'il se croyait seul ou qu'il s'éprouvait tel, par exemple quand Rina était là, il posait les doigts plus lentement, commençait toujours par de longs accords qu'il pinçait en les faisant attendre, qu'il laissait sonner longuement. Quand tout était devenu plus ample, la ligne mélodique naissait, s'élevait, se déchirait de façon tragique. On était transporté dans l'autre monde. On était abandonné à un autre silence, à un silence beaucoup plus anxieux et beaucoup plus vertigineux que la simple cessation du bruit. Cela donnait à ses propres yeux à sa musique une impression d'abîme qui le choquait. On suivait la ligne d'un chant qui entraînait comme si l'on ne devait plus jamais revenir. Les notes qu'il jouait n'étaient pas des perles de parfum grises comme l'anthracite et qui pouvaient être diluées pour procurer du plaisir. C'étaient des perles de peur qui brûlaient à jamais.

CHAPITRE XI

C'était la Semaine sainte. Les cloches ne sonnaient plus. Les carrosses étaient interdits. A l'heure de vêpres, Rina Jonques ne repliait pas le drap sur le lit tandis qu'elle en ôtait la couverture mais elle l'aplatissait longuement avec la main. Le dimanche, quand il se rendait aux messes, elle ôtait les draps pour les changer. Elle prenait les draps sales et ne pouvait s'empêcher en les ramassant d'en renifler l'odeur. Puis elle allait à la grand-messe, non pas parce que le Père Guimerà en dirigeait le chœur, mais parce qu'elle avait toujours fait ainsi. Autrefois elle était toujours allée à la grand-messe, sans que ce fût à vrai dire pour entendre la musique, mais pour entendre la langue inconnue où Dieu s'était retiré.

Rina Jonques imaginait que Dieu s'était renfermé dans la langue incompréhensible et romaine à l'aube du monde, après qu'il avait allumé les étoiles.

Elle jeta un coup d'œil au Père qui levait les bras, qui commandait le chant. Elle voyait ses cheveux longs et gris qui pendaient sur la collerette et dont il n'avait jamais accepté qu'elle les lui coupât. Elle se replongea dans le petit livre de prières couvert de soie bleu clair qu'il lui avait offert.

Au moment de l'élévation, elle baissait les yeux mais elle se surprit, certains dimanches, à penser encore à lui au moment du mystère divin et elle en eut honte. Elle avait honte de ne pas confesser ses distractions, ni même son état quelquefois dans le sommeil, mais elle rejetait l'idée de disculpation et doutait du secret que les prêtres promettaient à l'aveu.

Quand elle se rendait à l'église, il lui arrivait de penser qu'elle aurait aimé avoir une robe plus longue. Ainsi aurait-elle eu les pieds cachés. Elle n'aimait pas ses grands pieds ni les socques. Elle éprouvait de la gêne à demander à Carme, quand elle souffrait trop, de couper ses cors. Carme, pour ce qui la concernait, ne se gênait pas pour le lui demander, mais ses doigts de pied étaient plus fins que les siens, et puis ils n'étaient pas les siens.

Le dimanche de la Passion il y eut à l'église

bénédiction solennelle, grandes orgues, trompettes, chœur au complet avec les hommes.

L'église était tout illuminée de bougies.

Rina vint tôt, se plaça dans la contre-allée, au quatrième rang, face au chœur que dirigeait le Père Guimerà.

Elle regardait son dos.

Maintenant elle tremblait de la tête aux pieds quand commençait la musique.

Elle voyait les mains longues, osseuses et presque transparentes du Père Guimerà qui montaient dans la lumière et qui ordonnaient du bout de leurs doigts des choses minuscules aux enfants et aux hommes du chœur qui chantaient.

Americo, accroupi derrière l'orgue, marchait lentement sur les soufflets pour donner le vent.

Ils finissaient le *Si sanguis* : « Si le sang des taureaux et des boucs sanctifie ceux qui ont été souillés, combien le sang de Dieu purifiera-t-il notre conscience. » A l'instant où revenait le « conscientiam nostram », il se retourna. Il trouva son regard par hasard. Il sursauta et détourna les yeux aussitôt, dans la gêne.

Il se retourna vers l'autel les mains jointes.

Quand les chœurs n'avaient plus à chanter, le Père Guimerà venait près d'une stalle où il s'asseyait du bout des fesses, nouant ses doigts sur son ventre, au-dessus de son surplis, sans appuyer et le froisser. Elle connaissait ces doigts si longs et élégants et elle aimait les voir faire ce geste parce qu'il y mettait beaucoup de lenteur, parce qu'il marmonnait les mots d'une prière et qu'elle le percevait à ses lèvres, surtout parce qu'il n'étreignait pas ses mains avec ostentation comme le Père Luis, ou comme on voit sur les peintures des saints.

Elle chercha désormais avec insistance ses yeux mais il tint ses yeux baissés.

Elle s'obstina, s'appliqua à mettre une si grande concentration dans son regard qu'il y fût sensible malgré la distance. Cela arriva une fois, au mois d'avril, lors de la fête de Sant Jordi. Appliquant son regard sur les paupières baissées du Père Guimerà, Rina parvint enfin à lui faire lever la tête alors qu'il se tenait à demi assis sur la miséricorde de la stalle. Ce fut comme une commotion qu'il eût reçue dans le dos. Il se redressa devant l'ardeur de ses yeux plongés dans les siens. Jamais ils ne s'aimèrent autant à l'avenir. Jamais elle ne l'avait autant aimé. Il découvrit son amour dans ses yeux. Elle se tenait plus droite, plus large, plus grande, plus cambrée, plus altière. Elle eut l'impression d'être une reine. Cette femme très formée et robuste luisait dans l'ombre comme un meuble ciré, comme l'eau d'un grand miroir, comme l'eau d'un lac dans la forêt. Elle avait un éclat incomparable. Elle lui parut immense. Il ne vit plus qu'elle. Ses yeux, qu'elle tenait toujours fixés sur lui, les tenant toujours grands ouverts, brillants vers lui, s'emplirent de larmes. Son cœur battit à coups redoublés. Ce fut un long regard, d'une durée sans fin, d'une intensité qui ne se comparait à rien, dont la puissance était miraculeuse. Soudain, comme il s'arrachait à cette fusion, après qu'il eut détourné d'elle son regard, ses épaules s'affaissèrent, il se sentit épuisé, il fit aussitôt le signe de la croix sur sa poitrine ; se tourna de tout son corps vers le crucifix ; se mit à genoux.

A genoux, les paupières baissées, il voyait encore son visage. Il vit l'eau de ses yeux en larmes qui étincelait dans l'ombre de l'église, derrière ses paupières fermées. Les yeux de la servante étaient gonflés de larmes. Il regarda son fantôme dans la peau de ses paupières. Il découvrit qu'elle était désirable. Il pressa de la main ses paupières. Il était épouvanté.

De retour à la demeure de Don Oller, il alla la trouver dans la cuisine. Elle nettoyait une poêle avec de la cendre. Elle versa de l'eau dans la poêle pleine de cendres. Elle l'agita, se souilla les mains en la grattant avec l'ongle du pouce. Il ne la regardait pas. Il se tenait le dos rejeté en arrière comme elle-même avait coutume de faire quand elle désirait parler et le Père Guimerà parlait fort. Il lui dit qu'il n'était pas question que la passion cherchât dans l'ombre du sanctuaire, le dimanche de la Passion, une occasion qu'elle n'avait même pas le loisir de trouver dans une maison privée. Qu'elle avait commis ce matin, à l'église, une profanation. Il s'emporta devant les autres servantes en criant qu'il lui faudrait en faire l'aveu en confession. Qu'il lui fallait se purifier dès maintenant, quelle que fût la pénitence. On venait au pied de l'autel pour adorer Dieu. On n'y venait pas pour mendier un regard d'homme qui appartenait à Dieu. Que c'était une véritable étreinte oculaire.

Tandis qu'il l'accusait avec véhémence devant toutes, elle essuyait la poêle de métal devenue étincelante avec son tablier et observait les deux lèvres du Père qui frémissaient de haine.

CHAPITRE XII

Le Père Guimerà évita les cuisines de Doña Ester. Il cessa d'inviter la servante à entendre ses chants. Les rares fois, durant la semaine sainte, où ils se croisèrent, Rina regarda le Père avec un violent mépris.

Il songeait à elle comme elle songeait à lui. Il la maudissait.

Une des nuits qui suivirent la fête de Sant Jordi, le Père Guimerà gêné par le désir, ne trouvant pas le sommeil, se leva, se vêtit et résolut de sortir pour entendre les matines chantées par les capucins qui hébergeaient ses répétitions au fond de leur potager. Il s'habilla à la lueur de la lune car sa chandelle était éteinte et il avait mouillé ses braises avant de se glisser dans son lit, après s'être revêtu de sa chemise. Il ouvrit la porte de sa chambre. Il avança dans le couloir et manqua trébucher sur une grande masse sombre. Il recula, pris de frayeur.

Il vit une femme agenouillée près de sa porte qui s'était endormie. La coiffe noire était tombée sur le sol. Il se pencha et il reconnut Rina. Il en fut exaspéré. Il venait de la voir dans les rêveries qui précédaient le sommeil et c'était ce corps qui dormait qui l'empêchait de dormir.

Il hésita à la toucher du doigt pour l'éveiller mais il contourna la forme obscure. Au débouché du couloir, il emprunta la galerie qui surplombait la cour intérieure et qui conduisait au corps principal de l'hôtel. Toutefois il revint en hâte sur ses pas dans la crainte soudaine qu'un autre que lui ne la surprît agenouillée devant la porte de sa chambre.

Il la prit aux épaules. Rina releva subitement la tête avec un petit cri. Il lui chuchota qu'il était le Père Guimerà. Il lui ordonna de regagner sa chambre. Rina ramassa sa coiffe. Elle était en cheveux. Elle n'avait pas noué ses nattes. Le Père Guimerà se rendit aux matines des capucins. Plus tard, dans la matinée, dans un coin de la cuisine, à voix basse, criant à voix basse, il la somma de ne jamais recommencer, menaçant de quitter la demeure, de ne plus la voir jamais.

Deux jours après elle était accroupie et remettait deux bûches l'une sur l'autre dans le foyer du fourneau principal. Quand elle sentit sur son dos une main, elle eut un tel sursaut que tout l'édifice des bûches s'écroula et qu'il lui fallut les remettre en place avec la pince à braises mais il la tirait vers lui, la main agrippant rudement un de ses seins.

Elle regardait ses pieds nus. Elle hésitait à entrer ses pieds dans le lit du Père : c'était la première fois de sa vie qu'elle glissait son corps sous des draps et elle avait peur de les souiller avec ses pieds sales. Elle avait peur de son corps plus que du corps du Père ; sa volumineuse poitrine et ses mains tremblaient ; le Père lui prit le menton en la forçant à le regarder et il lui imposa son calme par la seule aide du regard ; alors elle entra ses pieds sous les draps. Il s'allongea près d'elle. Il lui prit les joues avec ses deux mains et il l'embrassa.

Elle eut honte d'un gargouillement que fit son ventre.

Dans ce temps-là, le jeune élève du Père tomba malade. Americo s'amaigrissait, s'il était possible qu'il maigrît encore, et perdit sans raison ses cheveux. Puis le Père fit une jaunisse qui le laissa exsangue et qui empêcha pendant un temps qu'ils se revissent. Il perdit beaucoup de poids, au point que Rina se tourmenta pour sa vie. Le soir, quand le Père Guimerà lui soufflait à l'oreille de venir le rejoindre, elle sentait bien à son apparence qu'il n'avait plus que la peau sur les os. Elle se le reprochait comme s'il y avait de sa faute.

CHAPITRE XIII

Le froid revint cette année-là en plein printemps. Toutes les vignes gelèrent. Même, la neige tomba durant deux jours et les routes furent impraticables. Les soupentes des servantes n'étaient pas chauffées. Le vin prit dans les caves et brisa les tonneaux. Rina eut des engelures aux pieds et aux mains. Ses mains enflèrent au point qu'elles furent inutilisables.

Le Père allait sans cesse à la mer pour se punir. Il entrait les pieds dans l'eau glacée et buvait une timbale d'eau âcre. Il fit ôter le petit tapis de laine qu'il avait fait placer dans sa chambre devant le crucifix afin de blesser ses genoux sur le carreau glacé quand il prierait.

Il lui disait des choses qui lui faisaient mal. Il citait la Bible. Le Père Guimerà disait :

« Dieu se repentit d'avoir créé l'homme, la femme, toutes les bestioles. Dieu dit : "Je vais les effacer de la surface du sol. J'ai décidé la fin de toute chair. Je vais susciter un déluge." »

Le Père Guimerà disait :

« L'homme a été formé du limon de la terre et de la poussière du temps. De même la terre, avant l'homme, avait été tirée du néant et du rejet des astres. Il n'y a donc qu'un peu de limon entre le néant et l'homme, et qu'une paroi de boue entre rien et nous-mêmes. Il n'y a qu'un peu de temps entre la lueur solaire et la nuit de l'abîme. Nous étreignons, quand nous aimons, cette vitre de boue. »

Elle n'aimait pas quand le Père parlait. Ce qu'il disait paraissait bien tourné mais cela ne se rapportait à rien. Elle le laissait dire.

Il lui dit aussi une fois qu'elle était une femme bonne, qu'il restait dans le souvenir des nuits passées auprès d'elle quelque chose du paradis terrestre et que cette pensée n'était pas pieuse mais que c'était la sienne.

Quand le Père Guimerà la vit venir dans sa chambre avec ses deux mains enflées et crevées par le froid, il lui dit de retourner se coucher. Le Père Guimerà ignorait que la soupente de Rina n'avait pas de cheminée, au contraire de sa chambre. Rina rentra dans sa soupente et pleura toute la nuit sur sa litière, recroquevillée dans le froid. Il n'y avait à sa fenêtre que du papier huilé. Elle se pelotonnait comme elle pouvait sous sa couverture rêche. Elle glissait son menton dans ses genoux. Elle tomba elle-même malade. Elle laissa alors ses cheveux libres. Nùria lui apportait du bouillon. Jeronima lui montait deux fois par jour une brique. Carme ne se déplaça pas, faute qu'elle se résolût à se hisser par l'échelle dans les soupentes.

Quand Rina dormait avec le Père, elle nattait ses cheveux pour la nuit. Le matin, de retour dans sa soupente, elle les peignait et les relevait en chignon sous la coiffe.

Au tout début de sa maladie, comme Rina ne put descendre aux cuisines, le Père monta. Il découvrit la soupente et il s'en étonna. Il lui dit :

« Tu habites ici, ma fille ?

— Il ne me le semble vraiment pas, dit-elle. J'habite près de vous dans la nuit. »

La réponse de Rina se révéla un désastre. L'embarras du Père Guimerà le plongea dans un silence plein d'animosité. Il tourna en rond dans la soupente. Rina ne trouvait rien à dire et son rhume la faisait larmoyer alors qu'elle souhaitait au contraire présenter un visage net de larmes et plus attrayant. Pour mettre fin au silence, le Père Guimerà se pencha vers elle, lui dit de se soigner, la baisa sur le front et s'enfuit.

Quand Rina Jonques fut remise, elle composa une

eau de senteur dans un carafon d'eau claire en y glissant la perle. Elle la ressortit, inquiète qu'elle eût trop fondu, puis la rangea dans un mouchoir, sans qu'elle parût diminuée. Elle était à la fois heureuse que l'eau qu'elle avait composée sentît, et soulagée qu'elle ne sentît que faiblement. C'était comme une ombre qui l'enveloppait, qui l'abritait, et qu'elle était seule à percevoir. Elle avait redouté que toutes les servantes l'eussent perçue. Il n'y eut que l'un des jardiniers qui lui dît : « Tu sens bon » mais ses mains cherchaient autre chose qu'il ne put effleurer avant qu'elle le frappât. Le Père Guimerà ne sentit pas, ou ne le dit pas. Il était angoissé. Sans doute avait-il déjà oublié le don qu'il lui avait fait un soir où il avait souhaité la remercier. Rina pensait que le Père l'aimait toujours ; du moins était-elle assurée souvent, à la tombée du jour, qu'il la désirait vivement ; mais Rina pensait qu'il ne voulait pas du bouleversement que fait surgir l'amour. Comme tous les hommes il avait des gestes qui contredisaient ses paroles mais elle doutait que les paroles valussent plus que les gestes. Rina croyait seulement qu'il souffrait. Il y avait une plante grasse au bout du couloir, placée à l'angle de la galerie, décharnée, dans un grand pot de terre. Le Père Guimerà l'y mena une nuit en la tenant par la main. Il enfouit son doigt dans la terre, l'ôta et lui montra combien la terre était sèche et elle inclina la tête.

Un autre soir, ils étaient dans l'obscurité et il se

tenait sur elle, entre ses jambes. Elle n'osait pas bouger ses jambes et l'enserrer. Quelque chose bougea entre ses deux cuisses, qu'elle commença de sentir. Alors il approcha ses lèvres de son oreille et elle renifla son souffle. Il avait une haleine très douce, sauf les rares fois où il buvait. Il parlait :

« Rien de cela n'aurait lieu si je ne vous aimais pas.

— Je ne comprends pas », dit-elle et il est vrai qu'elle ne comprenait pas ce que laissait entendre une telle suite de négations.

Il se tut un instant. Il reprit :

« Mon amour. »

Alors elle le serra entre ses bras. Elle plaça ses jambes autour de ses reins en les serrant très fort. Elle ne trouva rien à dire de plus. Elle éclata en sanglots en étreignant le Père Guimerà. Elle sentit en elle un tel élan de bonheur, une allégresse extraordinairement profonde, comme elle n'en avait jamais ressentie auparavant, une joie qui l'envahissait tout entière, qui séjournait et s'amplifiait au centre d'elle-même, qui était la plus chaude chose qui pût se trouver au monde et qui était au fond d'elle. Une vague l'engloutissait tandis qu'il la tenait enlacée avec ses deux longs bras et elle pleurait en criant et en le serrant plus fort encore. Elle était si heureuse. Il n'y avait pas de bonheurs plus vastes qu'elle eût imaginés. C'était plus bouleversant que le plaisir lui-même. C'était plus beau que l'après-midi où elle l'avait vu passer à la procession des Reis Mags sur le port. Elle le sentit qui l'écartait.

« Chut ! » lui dit-il.

Mais elle lui demanda de tenir sa main dans la sienne même si les secousses qui l'avaient saisi avaient trouvé leur terme.

CHAPITRE XIV

Pour se punir de pécher en jouissant du corps d'une jeune femme la nuit, le Père Guimerà se faisait une obligation de boire de l'eau de mer. Il avait deux fois manqué à Dieu : par la musique, par cette femme. Il n'osait pas se décharger du fardeau de son péché et en faisant l'aveu en confession au Père curé de la Església dels Sants Just i Pastor. Il traversait la cité de Barcelone avec une timbale en étain dans la poche de sa soutane. Il relevait sa robe et entrait dans la mer. Il lui arrivait d'être cruel envers Rina, pour la punir de l'attrait qu'elle exerçait sur lui, et il n'en avait pas de repentir. Quand elle faisait le ménage de sa chambre, ou qu'elle apportait des bûches pour le feu, assis dans le fauteuil tapissé offert par Don Oller, il la regardait avec sévérité. Rina restait à travailler devant lui dans la gêne puis s'immobilisait. Elle se tournait vers lui fièrement. Elle restait debout sans rien dire. Il lui disait :

« Je n'ai jamais persécuté vos oreilles d'un mot honteux. Je ne vous ai jamais pressée de venir me retrouver dans ma chambre. Je ne vous ai pas séduite.

– Personne ne vous accuse de rien, mon Père.

– Je n'ai jamais fait des signes en vous regardant. Je n'ai jamais...

– Vous pouvez vous taire, mon Père. Je veux bien que la faute soit sur moi. Vous n'avez pas péché. Vous avez eu des regards mais vous avez éteint la lampe. Vous aviez des mains, c'est vrai. Vous aviez votre chose qui bougeait et qui s'étendait et qui se glissait en moi, c'est vrai. Que voulez-vous me dire ?

– Je ne vous aurais pas aimée si vous ne m'aviez pas aimé. »

Elle ne pleurait pas devant lui, mais dès qu'elle avait tiré la porte de la chambre sur elle, elle sanglotait sur une férocité dont elle ne comprenait pas le motif. Une fois elle se surprit à lui dire :

« Vous avez pris du plaisir à me voir me désespérer pour vous mais vous avez raison parce que je trouve que votre musique est si belle. »

A la vérité, elle désirait ce jour-là le rassurer. Elle ne pensait pas ce qu'elle avait dit.

Il n'osait pas s'avouer à lui-même qu'il avait moins de goût à faire de la musique à mesure qu'il la voyait le soir. Il avait honte de lui préférer son désir. Il pensait à ces soirs avec une impatience qui l'irritait.

Un jour qu'il faisait chaud et qu'il remontait du port après qu'il eut bu de l'eau de mer dans sa timbale, il refusa de porter secours à une petite Juive et il raconta l'anecdote à Rina après qu'il l'eut aimée. Il était passé devant une maison de planches près de la plage. Par la porte ouverte, il avait entrevu une femme rousse qui tenait entre ses bras une petite fille sans connaissance, les cheveux épars, qui devait avoir sept ou huit ans. La femme rousse hurlait, entourée d'hommes et de femmes qui psalmodiaient ; l'un d'entre eux tenait un rouleau à la main qu'il cacha vite dans son pourpoint sitôt qu'il aperçut sa soutane. La femme rousse sortit comme une flèche de la maisonnette de planches, posa la petite par terre dans la poussière du chemin et, saisissant le bas de la soutane du Père Guimerà, cria : « Mon Père ! Mon Père ! » en lui demandant du secours.

Il ne bougea pas. Il vit la petite mourir sous ses yeux. La mère suppliait : « Bénissez-la ! Bénissez-la, mon Père ! » Il répondit que non, qu'il ne la bénirait pas, qu'elle était juive, qu'il percevait le capuchon jaune même si tous ne le remarquaient pas mais que Dieu voit la tache où qu'elle se trouve. Il repoussa avec sa sandale le visage de la mère dans la poudre de la route et passa son chemin.

Rina s'effraya quand il se mit à tousser. Le Père Guimerà avait pris une angine en allant à la mer et ses rhumatismes s'accrurent au point qu'il avait du mal à tenir son livre et qu'il ne parvenait plus à tenir droit son dos. Sa tête tombait en avant. Pourtant il faisait très chaud mais la chaleur était humide. Il eut de la fièvre. Don Oller fit venir un médecin qui jugea qu'il n'y avait pas lieu de s'alarmer sur l'état de santé du Père Guimerà et qui lui prescrivit une cure hydropathique et des bains de boue chaude. Rina fut heureuse que ce ne fût pas plus grave et qu'il y eût un remède. Le médecin partit.

Il revint deux heures plus tard, pour annoncer au Père une terrible nouvelle : son élève, le jeune Americo, était décédé. Le soleil l'avait pris.

Il faisait si chaud alors qu'on avait tendu les velums au-dessus de la ruelle étroite qui passait devant l'hôtel de Don Oller. Doña Ester et les enfants s'étaient installés dans l'entrée de la maison. Les servantes, aidées par Ibrahîm qui tirait les seaux hors du puits dans la cour, arrosaient le dallage à trois reprises, au réveil, le midi et la nuit tombée après avoir desservi.

Le Père entra dans la cuisine les mains fiévreuses. Il apprit à Rina la mort du petit Americo. Il se mit à pleurer. Il lui expliqua le mot hydropathique. Il disait qu'il fallait prier et demander à Dieu son pardon toutes affaires cessantes. Qu'il allait se rendre à Beauregard en France où son ordre disposait d'une maison de repos et qu'il s'y rétablirait. Que de nouveau il pourrait enfin s'adonner à la musique qu'il aimait tant et dont elle le privait par ses étreintes impudiques. Qu'il fallait ne jamais penser l'un à l'autre. Qu'il le lui en faisait un interdit. Il disait qu'on ne devait d'attachement qu'à ce qui ne manque jamais et qui est Dieu.

Comme les joues de Rina s'étaient mises à blanchir et que ses lèvres tremblaient, le Père Guimerà lui dit que Dieu haïssait les larmes. Qu'elle devait se faire des amies et oublier la faute d'un instant dont il s'était quant à lui confessé et que Dieu lui avait remise. S'était-elle confessée ? Elle ne lui répondit pas. Elle pleurait enfin. Le Père Guimerà dit :

« Le ciel n'attend pas la hardiesse dans le péché. Il n'attend pas davantage la véhémence dans la douleur. Dans Madeleine, il n'aime pas plus le fouet, les larmes, la pénitence ni les hontes, qu'il n'agréait l'assouvissement et ses hoquets, les œillades et les doigts furtifs de la pécheresse. Le ciel n'attend pas de l'homme le repentir devant la faute. Dieu est trop juste. Il n'attend rien. Il regarde. Devant l'étreinte bestiale, il se détourne. Devant les pleurs, il se détourne. Devant la solitude, il se détourne. »

Il lui dit qu'elle quittât les larmes, son souvenir. Que Dieu n'agréait même pas l'enfer.

CHAPITRE XV

Le Père ne se remit pas de la mort du petit Americo. Il dépérit. Avant qu'il partît à Beauregard, le Père perdit plusieurs kilogrammes alors qu'il était déjà si maigre et les rhumatismes envahirent ses os. La chaleur était humide et étouffante. Don Oller n'osait même plus le faire venir pour qu'il jouât de la musique dans la galerie tant le Père était nerveux. Ses doigts, devenus difformes, étaient devenus malhabiles.

Le Père Guimerà ne fit plus monter le soir Rina dans sa chambre. Il restait dans son lit à la maudire. Le jour arriva où il dut partir, d'abord par le bateau, jusqu'à Agde, puis par la diligence, jusqu'à Beauregard, en s'arrêtant une nuit à Mende dans le couvent des carmélites qui s'y trouve.

Le jour où le Père Guimerà partit, il vint trouver la cuisinière et les servantes dans l'ombre de la cuisine pour leur faire ses adieux. Il faisait très chaud. Rina se tenait debout sur le fourneau. Elle avait les joues toutes rouges et luisantes. Elle tendait les bras en l'air, au-dessus des casseroles. Elle cherchait à accrocher à la poutre des aulx. Elle se retourna vers lui en rougissant encore plus, pareille à une pivoine. En s'appuyant sur le conduit de l'âtre, elle descendit. Elle posa le pied sur le tabouret. Elle rejoignit le carrelage. Elle prit le fouet à œufs. Elle l'écouta. Elle se retourna pour qu'il ne vît pas ses yeux s'embuer. Avec le fouet à œufs, elle fit monter dans le bol les œufs à la neige. Sa grosse lèvre grelottait. Elle ne se retourna pas.

Il partit saluer les chanoines en s'appuyant sur l'épaule d'Ibrahîm et avant de rendre son dernier service de confesse. Quant à Rina, après qu'elle fut montée s'habiller, elle alla à la Església dels Sants Just i Pastor. Une fois qu'elle eut pénétré dans la fraîcheur de l'église, elle s'agenouilla, dans l'ombre, à gauche, près du portail, à côté du confessionnal. Plus tard, quand elle se trouva être la seule pénitente qui restât à attendre, elle s'approcha de la boîte de bois, posa ses genoux sur la marche de bois usée, frappa au volet, qu'il fit coulisser, et lui demanda s'il pouvait la confesser. Le visage du Père Guimerà fut marqué de désapprobation. Dans l'ombre, entre les deux balustres sculptés, elle perçut une moue près de son nez, mais il ne la refusa pas.

Il avait déjà posé près de lui son étole, qu'il remit. Il lui demanda un instant, parce qu'il voulait d'abord prier. Il fit glisser de nouveau le volet et elle resta seule, dans le noir, à regarder les ombres sur le bois, et l'entrelacement de deux veines plus obscures. Puis il poussa la tirette et il l'entendit en confession.

CHAPITRE XVI

Les larmes ne hâtent pas les jours plus heureux. Ni les soupirs et les plaintes ne les précipitent. Il pleurait dans la diligence noire qui le conduisait au port. Le 12 octobre 1721, il partit pour l'Auvergne. Il en admira les montagnes. Les vallées lui plurent. Il s'enferma dans la maison de repos de l'évêché située à Beauregard où il aimait à marcher dans les noirs ombrages des pins.

L'élève mort ne revenait pas dans ses songes mais le corps de Rina se présentait à lui et agitait son sommeil. La cure hydropathique ne le soulagea pas. Il dormait beaucoup. Il pleurait beaucoup. Il se confessait tout le temps à l'évêque français et l'évêque avait beau l'absoudre à chaque fois, il n'arrivait pas à le consoler de son inquiétude. Au terme de sa troisième confession, après l'avoir absous pour la troisième fois pour un péché qu'il répétait sans cesse, l'évêque l'avait pris à part et lui avait déclaré qu'il n'était pas le premier prêtre qui vivait avec une concubine. L'évêque français avait fait valoir qu'aux premiers temps du christianisme la chair n'était pas si honnie qu'elle l'était devenue. Ces propos de l'évêque français avaient encoléré le Père durant deux jours, sûr que Dieu en jugeait autrement. Les mains du Père Guimerà, malgré la boue, ne se mouvaient presque plus. Il ne composait pas non plus de nouveaux chœurs, quoiqu'il n'eût rien à faire. Quand il n'était pas à dormir, à pleurer, à se confesser, il marchait seul dans la campagne et la forêt qui entouraient la maison. L'automne passait lentement.

Un jour que le Père se promenait dans un sentier encaissé de la montagne et que le hasard avait fait qu'il se tenait accroupi, en train de casser une noisette avec une pierre, il eut l'impression qu'il tombait dans l'abîme. Il découvrit qu'il aimait au fond de son cœur la servante plus que Dieu. Elle se présentait inopinément à ses yeux, quelque distance qu'il eût mise entre eux. Il se rappela la première fois où le corps de la servante l'avait ému et avait transformé insensiblement les heures et les manies de sa vie. C'était le jour où Rina avait réparé la fenêtre, faute que le menuisier de Don Oller se trouvât présent à l'hôtel. Il se souvint que c'était un matin durant l'hiver, avant la fête de la Nativité de Dieu, et qu'il faisait très froid. Une grande lumière blanche baignait son visage et soulignait la toile qui enserrait ses seins volumineux, et il avait été soumis à son silence. La servante se tenait dans une proximité avec les objets, avec le feu, avec la nourriture, avec les torrons et tous les gâteaux, avec les seaux, avec les rabots, avec les clous, avec les fenêtres, qui n'était pas habituelle aux humains. Elle se tenait devant une fenêtre comme les arbres épanouissent leurs racines dans la terre, comme dans son enfance la lumière appartenait au versant de la montagne, devant la ferme où on l'avait recueilli quand ses parents avaient été tués, quand naissait l'aube.

Il se souvint qu'elle était debout, ce jour-là, les jambes écartées, devant la fenêtre de la chambre que Don Oller lui avait généreusement abandonnée. Sa silhouette était prise dans l'encadrement de la fenêtre de la même façon que les figures de givre étaient prises dans le verre du carreau. Elle était absorbée par le spectacle de la fenêtre comme les arbres morts et couverts de glace ne pouvaient être dissociés des vitres qui en offraient la vue. C'était une étreinte avec les choses où le langage était sans force et futile. Son regard, son buste, ses mains, le bas de son corps, ses bras éprouvaient déjà la réparation qu'elle envisageait de faire. Alors qu'une année s'était écoulée, maintenant qu'il était logé dans la maison de repos de Beauregard grâce à la bienveillance de l'évêché, dans la province française de l'Auvergne, soudain le Père revit le corps de la servante en train d'anticiper sa tâche. Il l'entendit la mimer intérieurement. Le corps de la jeune femme s'éploya dans la chambre, l'envahit, tandis qu'elle examinait la petite stalactite de glace qui s'était formée à l'angle du montant et du châssis sur sa gauche. Le Père surprit son visage et songea : « Comme la prière ranime le visage de celui qui prie Dieu. » C'était comme la prière, lorsqu'elle est fervente, qui restitue au front et aux plis qui entourent les lèvres et les yeux un éclat et une paix qui les lavent de leur animation incessante, et qui délivrent des marques de la fatigue et de la peur. C'était comme la satiété sur le visage des chiens qui se couchent et posent leur gueule entre leurs pattes après qu'ils ont vidé l'écuelle. C'était comme une extase.

Puis le Père, toujours accroupi dans le sable du sentier, tenant toujours sa noisette à la main, aperçut les mains rouges et crevassées quand la servante avait été alitée durant l'hiver. Elles devenaient elles-mêmes à ses yeux plus larges et presque séduisantes. Le Père se mit à observer ses propres doigts très fins qui tenaient la noisette, sa peau toute blanche, ses articulations boursouflées, à la fois bleuies et transparentes, ses ongles longs, sa main de musicien engourdi.

Il aurait voulu sa main sur lui.

Il frappa avec la pierre sur la noisette, dénuda la

graine toute blanche. Il contempla la semence frêle et nue. Il la croqua. Il se mit debout dans le sentier. Il reprit sa marche. Il ne pouvait quitter cette scène au cours de laquelle tout le corps de Rina se concentrait dans la brume silencieuse devant la grande fenêtre de sa chambre. Où était la connivence charnelle qu'ils connaissaient la nuit en se taisant, quand elle serrait ses jambes sur ses reins, et qu'il lui semblait qu'il regagnait la terre et la lumière du Paradis ? C'était une lumière faite d'une précision perverse ou mystérieuse, lointaine et que le silence pénétrait. Il n'y avait pas une lumière qui combattît une ombre, un jour qui s'opposât à la nuit et qui anéantît sa noirceur. Il y avait une troisième source à la fois d'éclat et de ténèbres. Il y avait une lueur obscure où les hommes se tenaient les paupières baissées et où ils se trouvaient en position, s'ils en avaient la témérité, de percevoir plus intensément la vie. La communication entre les hommes n'était pas humaine. Pour être plus complète et pour être durable, elle était contrainte de faire appel à ce qui était plus archaïque, plus animal et plus vivant dans les corps de la femme et de l'homme. Comme individus, les femmes et les hommes se séparaient, s'acharnaient à se distinguer, rivalisaient. Ils s'entre-tuaient. Comme corps pourvus d'un sexe, les femmes et les hommes étaient dépendants les uns des autres comme les torrents sont dépendants des pentes des montagnes et des roches qui entravent leur course, des roches sur lesquelles ils rebondissent, et qui les précipitent plus violemment encore en eux-mêmes. C'est pourquoi les corps s'aimaient et qu'on ne pouvait parler d'amour sans que les corps fussent aussitôt présents de toute leur incompréhensible et embarrassante présence.

Cette lumière était ce torrent. Il haït cette lumière qui ne s'excluait pas de l'ombre.

C'était la lueur du diable.

Dans quelle lumière sourde de la faute cette femme avait-elle étincelé au point de revenir sans cesse sous la forme d'une image pour ainsi dire concrète dans ses rêves ? Quelle lueur venait-elle les entourer malgré l'ombre quand il se couchait dans l'obscurité sur elle, qu'il fermait les yeux et qu'elle l'absorbait ? Cette lueur ressemblait à la lumière obscure des églises, dont elle était une contrefaçon diabolique.

Rina en train de méditer son travail improvisé de menuisier, comme l'obscurité de la nef de la Església dels Sants Just i Pastor, comme le chemin du rempart de Barcelone dans la chaleur du printemps sur le mont Tàber, comme le chemin forestier de Beauregard dans la douceur de l'automne en Auvergne, étaient des parties du monde qui se manifestaient toujours dans ce brouillard et qui se laissaient toujours pénétrer dans un silence comparable dès l'instant où il en était ému. Ces parties du monde, dans le monde, paraissaient toujours fondues à ce silence.

Sans exil, sans tristesse, le silence ne les retirait pas à ce monde mais il régnait sur elles.

Toute sa vie il s'était mépris en croyant que c'était Dieu.

Il marchait sans plus rien voir au fond de la lumière. Au fond de lui, dans son souvenir, dans la lumière de l'hiver, les contours des branches prises de givre avaient une précision inhabituelle. Il vit les cils de la femme au rabot pris dans la lumière, ses yeux très pâles.

Elle se tourna vers lui, la tête hautaine, de toute sa présence merveilleuse et importune, les cheveux noirs et les seins couverts de cette poudre étrange émiettée silencieusement sur ces parties de son corps et qui les augmentaient. Le Père songea que c'était peut-être ce nimbe du diable dont parle l'Apôtre et qui signale la fornication autant qu'il la prépare. Il regretta soudain Barcelone. Il regretta soudain la langue de la Catalogne. Il regretta le port et ses cris. Il regretta avec une brusque douleur Americo et les enfants et le jardin potager des capucins. Il fredonna le psaume CXXXVIII que les hommes du chœur entonnaient à pleine voix : « Les ténèbres ne m'ont pas caché, Et la nuit elle-même a illuminé mes plaisirs. » Il regrettait le visage de Don Oller quand il l'écoutait chanter avec Americo au salon et que les traits de son visage s'appesantissaient et se tranquillisaient peu à peu dans l'audition de sa musique. Il regrettait la chambre agrandie, approfondie, illuminée par le corps de Rina. Dans sa mémoire, la lueur poudreuse revint se déposer sur le fauteuil, sur la table, sur le luth, sur le rabat de dentelle qui pendait, sur les chenets noirs, sur les fesses qui saillaient sous la robe brune, sur le rabot dont le métal étincelait à certains moments. Jusqu'à la bure verte qui revêtait la table lui parut poreuse.

Alors il regretta infiniment la femme qu'il aimait.

Il s'arrêta de marcher. Le sentier l'avait conduit sur la rive du lac. Il s'assit devant le lac sur un tronc qui était couché dans l'herbe.

Quand le bruit glissant puis grognant du rabot cessa en lui, quand le souffle de la servante s'apaisa dans son souvenir, tandis qu'elle ajustait déjà à l'aide de son seul regard la forme de la planchette et le contour amputé du châssis de la fenêtre, la scène s'éloigna enfin dans le silence devenu immense tout à coup : elle coula silencieusement par la fenêtre ouverte, le silence s'ajoutant à la lumière qui s'éloignait, l'absence de parole accroissant la femme qui luisait dans l'ombre et qui peu à peu se fondait à elle. Alors il la pleura. Il prononça tout haut son nom en gémissant. Il se leva. Il s'approcha de la barque. L'eau était calme et sa surface luisait elle-même mystérieusement, réabsorbant en elle les reflets des chênes et les images des joncs qui l'entouraient.

Il dénoua la corde qui retenait la barque au piquet planté sur la rive et tira la barque vers lui. Il avança son pied sur les planches et il monta dans cette forme instable. Il trembla. Brusquement le froid afflua peu à peu et le reprit aux épaules. C'était le froid de la grande fenêtre laissée ouverte par la servante. Le silence, la lumière diabolique, cette femme nimbée, le froid, le ciel immense et noir sur le lac étaient autant d'images fallacieuses de Dieu qui se pressaient. Dieu ou le froid étaient là sans qu'on pût les rendre distincts de ces choses. Le Père éprouva au bas de son ventre un mouvement qui l'importuna. Il empoigna la rame. Il serra autant qu'il put ses doigts gourds sur le bas de la rame. Cet embarras de son corps dans le silence était plus bouleversant qu'un chant alors qu'il avait cru jusque-là qu'il aimait la musique plus que tout et que Dieu le déchirait à cause de l'exclusivité de la passion qui le portait vers elle.

Il pesa sur la rame. Il rompit la surface luisante du lac et ses reflets. Tout dans le parc de Beauregard, tout dans la chambre de Barcelone se mit à chanceler et à s'écrouler au milieu du silence. Si la jeune femme ne s'était pas trouvée là, debout devant la grande fenêtre de la chambre, il se serait mis à genoux alors. S'il ne s'était pas trouvé dans une barque aussi instable, le dos pris par le froid, il se serait mis debout alors. Il n'avait fait que se déplacer sur le lit, sur le banc de la barque, parce que quelque chose le gênait entre les jambes. Et la honte vint sur lui. Il avait tendu le bras vers l'étagère de bois, avait saisi un livre noir, avait lu les Pères et les récits qu'ils avaient écrits quand ils avaient séjourné dans les déserts de la Thébaïde, dans les grottes qui entouraient Héraklée. Il releva la rame et la posa à l'intérieur de la barque, enfouit sa main aux articulations douloureuses dans la poche de sa soutane, en ressortit son bréviaire. Il entrouvrit son bréviaire.

La barque de Jésus avançait dans la tempête. Dieu dormait. Les vagues passaient par-dessus bord et la houle grossissait. Dieu tenait ses paupières baissées dans le sommeil. Les apôtres s'approchèrent pour le réveiller en criant : « *Perimus !* Nous sommes perdus ! »

Dieu dormait.

Le Père Guimerà pensa : « Dieu n'exauce pas. »

Le Père Guimerà pensa : « Je suis un prêtre devenu un impie. Je souffre. Dieu n'a pas soin de la souffrance que j'endure. L'apôtre Paul ment : Dieu permet que nous soyons tentés au-dessus de nos forces. Jamais il n'a proportionné ses secours à nos besoins. Dieu nous a abandonnés dès l'aube du temps. Puis il nous a abandonnés davantage : il nous a abandonnés dans notre corps. Notre corps séparé et sexué est déjà un abandon. Puis il nous a abandonnés dans notre désir. Puis il nous a abandonnés dans notre conscience. Après qu'il nous avait abandonnés à l'aube du monde, il nous a abandonnés dans la lumière de chaque jour. Chaque jour est une séparation qui vient en plus de celle qui affecte notre corps par le sexe et qui ajoute à notre délaissement. »

Le Père Guimerà dit : « *Perimus !* Nous sommes perdus ! »

Le Père Guimerà pensa : « Dieu est ce délaissement. Dieu est un abandon dans le ciel qui s'éploie sur toute la voûte du ciel et qui tend vers une profondeur infinie. Sans cesse il s'accroît jusqu'à l'univers, pour remplir jusqu'à l'infini de l'espace et jusqu'à l'infini du temps cet office. Comme nos pères, qui sont si majestueux et si irrésistibles lorsque nous levons les yeux vers eux dans la petite enfance, au bout de quelques années s'engloutissent et ne laissent après eux qu'une peur dont la taille paraît inexplicable. »

Il ferma les yeux. Il imagina que la barque dans laquelle il était assis, continuant de serrer et de tenir entrouvert, dans ses pauvres mains, les pages de son bréviaire, n'était plus qu'un point minuscule sur l'eau noire et luisante du lac. Le ciel s'obscurcit. L'ombre envahit le lac et éteignit un à un les reflets des arbres et des nuages comme la pensée de Dieu avait éteint l'image de la servante et la lumière pernicieuse qui en entourait le corps.

Il pensa :

« Dieu nous laisse nous égarer dans des voies désastreuses et il regarde. »

Le Père Guimerà pensa encore :

« Dieu aime à nous regarder perdus dans les désirs. »

La pluie tomba soudain à verse en faisant un

grand bruit sur les pages du bréviaire. Il enfouit aussitôt le livre noir dans la poche de la soutane. Il agrippa le bois de la rame.

Il rama. Le lac n'était plus qu'une houle. La pluie le criblait au point de faire souffrir le dos et le dessus des mains, au point qu'il aurait désiré lâcher la rame pour protéger son visage.

Il arriva trempé à la maison de repos dans la nuit.

CHAPITRE XVII

Il tomba malade. L'évêque le visita dans sa chambre. Le Père Guimerà lui demanda de se confesser à nouveau. L'évêque français soupira, consentit. Le Père Guimerà voulut se confesser debout. L'évêque lui donna l'absolution.

L'évêque regarda cette longue perche d'homme perdu dans son remords et dont la tête, à force d'études et de souffrances, avait penché en avant. Il lui dit :

« Quoi que vous fassiez, vous déchirerez le sein de Dieu. Quoi que nous fassions, nous déchirons le sein de Dieu. »

Puis il lui donna l'autorisation de lui parler comme

à un ami et non comme à un confesseur et il lui ordonna de se recoucher.

L'évêque s'assit sur une chaise près du lit et lui demanda pourquoi il ne cessait de venir l'assaillir pour une faute qui était passée, une faute qu'il n'avait plus moyen de commettre dans ce lieu sauvage, une faute enfin pour laquelle Dieu lui avait accordé son pardon. Le Père Guimerà montra ses mains, les enfouit sous le drap, expliqua à l'évêque combien il souffrait des mains, qu'il était musicien, qu'il ne pouvait plus composer. Dans un premier temps, il avait loué Dieu : parce que sa musique était triste ; parce qu'elle faisait écho au désir et aux gémissements des hommes. Elle n'était pas pure et allègre comme Dieu aimait dans les psaumes. Elle ne rapprochait pas du ciel et de sa lumière. Puis il s'en était pris à la servante qu'il avait polluée parce que les femmes ensevelissaient tout dans leur nuit. Sa concupiscence cessant d'être frustrée, sa plainte et son aspiration s'étaient trouvées éteintes. Les femmes étanchaient les soifs et les faims. Elles démobilisaient les désirs pour les soumettre à une bestialité à laquelle elles demeuraient longtemps astreintes par l'enfantement. Tel était le sentiment du Père Guimerà. Au contraire, dans le sein de Dieu, au haut du ciel, les chants étaient mesure et joie, pureté, lumière éternelle, exaltation. Comme disait le psaume de la Bible : *Lux perpetua lucebit.*

L'évêque français haussa les épaules.

Il demanda au Père Guimerà si la servante catalane lui avait demandé d'interrompre la musique. Le Père Guimerà répondit que non, en aucune façon elle n'avait exigé cela de lui et que, bien plus, elle regrettait de ne plus l'entendre pincer les rangs de cordes de son luth aussi souvent qu'il faisait autrefois.

L'évêque lui représenta que si nous devions imiter la déchéance de Dieu dans le supplice où nos fautes l'ont appelé, nous ne devions pas déchoir plus avant que la détresse où la vie avait conduit nos piètres besoins et avait mené nos peurs. Ni déchoir plus bas que la fange où nous étions contraints de nous rouler quand nous aimions. Qui serions-nous pour prétendre souffrir plus que ce que Dieu avait souffert ? A proportion que Dieu avait connu l'abandon, nous devions nous délaisser, mais nous ne pouvions en aucun cas prétendre nous anéantir plus cruellement que le sacrifice qu'il avait consenti de sa propre immortalité.

Nous n'étions pas Dieu ni des rivaux du mystère de sa mort.

« Vous n'êtes pas Dieu, dit-il au Père. Ayez vos fautes, mon fils. Subissez-les et repentez-vous. Dieu lui-même n'a pas été indemne de l'angoisse et vous n'êtes pas lui. »

Les jours qui suivirent, l'évêque français le reçut à plusieurs reprises dans son bureau. Le Père Guimerà résolut d'écrire une lettre à Rina Jonques pour rompre cette liaison que le diable, selon ce que lui suggérait son angoisse, quoi que lui remontrât l'évêque français, avait inspirée. Il écrivit aussi à sa grand-tante, qu'il n'avait pas revue depuis deux années, afin de lui donner de ses nouvelles. Il écrivit à Rina ces mots :

> *« Ma fille, Dieu requiert l'exclusion de la personne dans la passion amoureuse. Il souhaite que cette passion soit purifiée dans son objet et qu'elle soit reportée entièrement sur lui. De là est née la contrainte du célibat des prêtres. Je ne vous toucherai plus. Je ne vous regarderai plus. Je ne vous aime plus. Dieu exige que vous étouffiez dans votre pensée les images de moi et les souhaits de m'étreindre. »*

La maison de repos où on traitait les maladies osseuses des Pères était grande et laide. Il y avait une belle terrasse rectangulaire, exposée au soleil, sur laquelle avaient été disposés deux chalets de bois pour les soins et aussi pour se retirer en cas de pluie.

Les grabataires, enfouis sous des couvertures, y étaient conduits dans des brouettes, ou encore étaient placés sur des civières roulantes tirées par des ânes.

Dans un des chalets, un médecin avait bâti pour le Père un corset de plâtre qui lui maintenait le tronc, les épaules et le cou et qui, s'il lui laissait la possibilité de saisir les objets, l'empêchait de s'exercer au luth et même de chanter, tant il appuyait sur le cœur.

Il renonça à se raser la barbe parce que les gestes nécessaires pour se raser lui étaient difficiles à exécuter. Dans la maison de repos de Beauregard, il n'y avait pas de barbiers, ni de servantes, ni de religieuses qui acceptassent de l'aider.

Sa barbe était toute blanche.

Deux fois par jour il plongeait ses mains dans la boue chaude.

Au bout de six semaines de ces soins, il revit l'évêque et se plaignit de l'inutilité des bains qu'on lui donnait. L'évêque français lui répondit qu'il pensait comme lui et qu'il n'avait qu'à partir après les fêtes de la Noël, avant l'arrivée de la neige, et s'en retourner à Barcelone chez Don Hilario Oller.

Il lui dit qu'à son avis il n'était pas un malade que du plâtre et de la boue pussent guérir. Il estimait qu'il était plutôt un homme déprimé et que, s'il devait renoncer au désir qu'il avait pour cette femme, il ne devait pas abandonner la pratique du chant à la Església dels Sants Just i Pastor.

L'évêque français dit :

« Je n'ai jamais vu un saint. Quelles étranges images donnent d'eux-mêmes les hommes ? Vous voyez couler leurs larmes mais vous ne voyez pas la main qui les essuie. Il ne faut jamais se fier à l'apparence austère des vies qui donnaient l'impression d'être les plus sereines. »

CHAPITRE XVIII

Elle changea de côté le marmot de Nùria qui s'était endormi sur son épaule. Le mouvement ne lui fut pas facile. Ses deux petits poings refermés, il se tenait accroché à son cou, les doigts entremêlés au nœud de sa coiffe.

Quand elle y fut parvenue, elle inclina la tête et elle baisa la petite poitrine de l'enfant qui dormait.

Don Oller se précipitait vers elle. Il tendait la lettre à la servante. Il portait une redingote marron avec des boutons bleus. Rina sentit le sang lui monter au visage. Elle ne put dégager la main qui retenait l'enfant sous les fesses et il fallut que l'intendant s'approchât d'elle et glissât le pli entre les doigts qui soutenaient le derrière de l'enfant.

Rina monta les degrés qui conduisaient aux cuisines. Autour de la grande table et du fourneau, il y avait Carme et Jeronima qui étaient occupées à préparer le repas. Nùria tisonnait le fourneau. Rina alla près de la cheminée et s'assit sur le bord de l'âtre.

« Une lettre », dit Carme.

« Rina a reçu une lettre », dit Jeronima.

Nùria s'avança et lui reprit la petite fille qui dormait sur son sein.

Toutes trois vinrent examiner à tour de rôle le pli cacheté à la cire noire que Rina Jonques tenait entre ses mains. Toutes trois se penchaient sur elle, contemplaient mais ne touchaient pas.

Aucune d'entre elles ne savait lire.

Il fallut attendre deux jours – durant lesquels elle dormit la joue posée sur la lettre, qu'elle avait glissée dans le livre de prières recouvert de soie que le Père Guimerà lui avait offert au printemps et qu'elle rangeait sous son oreiller de paillon – pour qu'elle connût le message qu'elle contenait. Elle ne douta pas un instant qu'elle ne fût du Père. Elle eut plaisir à rêver ce que le Père Guimerà lui écrivait. Elle était émue parfois aux larmes en la touchant durant son sommeil. C'était la preuve qu'il avait songé à elle et qu'elle comptait plus à ses yeux que ce qu'il lui avait laissé entendre quand il était tombé malade.

Elle attendit deux jours, parce qu'elle ne voulait

pas que son amie Carme ni les servantes entendissent ce qu'écrivait le Père si le maître ou Doña Ester la lui avait lue à haute voix dans la cuisine.

Elle avait pensé se rendre à la cathédrale mais elle redouta qu'un prêtre prît connaissance du message que le Père lui adressait car elle avait de la méfiance envers les prêtres. Elle monta à la citadelle. Elle la donna à l'officier. L'officier lui demanda de briser elle-même le cachet et elle eut les larmes aux yeux quand elle le rompit. A l'instant où l'officier mit ses lunettes et prit la lettre, Rina avait un air extasié. Il lut :

> *« Chère tante, Dieu a voulu que je sois malade dans le dessein de me faire expier la vie trop mondaine que je menais à Barcelone dans l'hôtel de l'intendant du Seigneur Conseiller de Catalogne Padellas. Aussi je vous écris de France, de la maison de repos de Beauregard, où des soins excellents me sont donnés par des mains charitables. J'ai eu deux angines à l'automne dernier ainsi qu'une jaunisse récemment. Mes doigts sont gourds et les rhumatismes, en leur ôtant soudain toute agilité, font que je ne pourrai plus jamais pincer les cordes de mon luth, ce qui a l'inconvénient de m'empêcher de composer des chœurs pour l'église. Mon cou va*

mieux. On m'a mis un corset rigide qui me fait du bien encore qu'il oppresse pour respirer, et l'on applique deux fois par jour des cataplasmes de boue chaude sur mes doigts. Je m'en remets à Dieu et à sa miséricorde comme je vous remets à eux. Votre dévoué neveu qui vous embrasse, ma tante, avec tendresse. »

Elle prit trois pièces dans son châle qu'elle présenta à l'officier. Ce dernier lui rendit une pièce en lui disant qu'elle donnait trop. Il posa les lunettes sur la table, près de la lettre. Elle reprit la lettre sur la table de l'officier, la replia, la glissa dans sa ceinture et quitta le casernement. Elle souriait. Le Père s'était mépris sur l'adresse. C'était sa grand-tante paternelle qui avait reçu la lettre qui lui était destinée. A la réflexion cette méprise lui parut néanmoins agaçante. Il allait mieux. Elle en fut contente. Elle rentra dans la ville. Sous les arcades, près de la chapelle de la criée, une mendiante était assise sur une pierre. Rina prit la pièce que l'officier avait refusée et désira la mettre dans la main de la mendiante mais elle s'y prit avec maladresse et la pièce tomba dans les jupes de la vieille femme qui tendait la main. La vieille n'entendit pas la pièce tomber dans l'étoffe de ses jupes et ses yeux blancs ne voyaient rien. Sa bouche édentée, surmontée d'une lèvre couverte de longs poils roux, marmonnait un cantique sans en articuler véritablement les paroles.

Rina se pencha, voulut retrouver la pièce, fouilla avec la main dans les haillons de la mendiante qui, surprise dans sa nuit, cria soudain des ordures. La vieille, avec les mots ignobles que les hommes semblent inventer spontanément en puisant à une source aussi haineuse que surabondante, la traitait d'impudique en interprétant mal les mouvements que faisaient ses doigts à la recherche de la pièce de monnaie. Ces insultes remplirent la face de Rina de rougeur. Elle fut bouleversée au cœur d'elle-même. Les grossièretés se précipitaient sur les lèvres de la mendiante.

« J'imagine, lui disait-elle, que tu as la jupe courte, que tu portes sur les épaules la mante rouge obligatoire et que tu ouvres vingt fois par jour les jambes comme font les lames de ciseaux. Dans le sein de Dieu qu'y a-t-il de plus éloigné d'une putain qu'une mendiante ? Moi, j'implore sa miséricorde. Moi, je tiens mes jambes fermées. Ni mes dessous de bras n'ont jamais connu le parfum ni mon cul la pâte des savons. »

Rina n'écouta pas jusqu'au bout la pauvresse. Elle ne put réprimer un cri et s'enfuit. Incapable de retourner aussitôt à l'hôtel de Don Oller, elle erra, longeant les Drassanes, gagnant la presqu'île et la plage, persuadée que la terre entière avait entendu des insinuations que sa vie ne démentait pas tout à fait.

Elle revint enfin. Il fallut laver et coucher les petits enfants de la fille de Doña Ester pour aider les nourrices. Quand elle avait les dents gâtées, Rina les frottait avec un quartier de citron. Elle se disait que c'était pour attendre le Père et le citron lui causait des coliques. Sur le buffet, elle aimait les assiettes avec des figures peintes au milieu de chacune qui représentaient des femmes en toilettes et des comédiennes. Elle les regardait quand elle passait devant elles et se souvenait avec honte de ce qu'avait dit la mendiante aveugle sous les arcades.

CHAPITRE XIX

L'évêque français dit :

« La nature a attaché à l'homme un instinct qui le précipite dans la grossièreté des bêtes plus anciennes qu'on appelle l'amour. J'approuve le mépris de la passion parce que c'est ce que Dieu nous demande. Je ne conçois pas la haine de l'amour car nous ne saurions être saufs de l'état de bêtes où Dieu nous a mis. »

Le Père Guimerà dit :

« Etre tourmenté par ce qui pend sous le ventre, sentir les traits de l'envie à l'égard des plaisirs et ceux de la rage d'exister, et ceux de l'exhibition de cette rage, détruire par cette exhibition l'innocence d'une femme, suborner son esprit au moyen des confidences des fautes ou par l'aveu des rêves, s'évertuer dans l'effronterie des gestes dans la nuit, braire, penser salement, Dieu hait que nous tombions dans la passion de nous aimer. »

L'évêque français dit :

« Pourquoi une guerre éternelle entre deux sexes que Dieu a conçus distincts pour qu'ils s'emboîtent et se donnent la paix ? Pourquoi, sur le fond de cette guerre éternelle, faire en outre la guerre à des gestes dont la vie dispose naturellement ? Pourquoi introduire l'inimitié dans l'intimité de soi et la multiplier en division de l'âme et en proscription intérieure ? Pourquoi traiter de vices les besoins ? Pourquoi transporter dans la honte une inclination qui est fichée dans notre condition comme le nombril sur notre ventre ou les yeux sur notre visage ? Pourquoi récuser comme autant de déshonneurs des spasmes dont nous ne répondons en aucune façon ? Cela s'appelle la morale. La morale n'est jamais pieuse. La morale n'est que la guerre civile lancée contre un état où Dieu nous a assujettis lors de la première faute dans le jardin du Paradis et où Dieu seul a pouvoir de porter remède. Dieu déteste la morale. La morale est pour les incroyants. »

Un autre jour, le Père Guimerà dit à l'évêque français :

« Si Dieu ne nous donne les désirs que sous forme de remords, et de joies que sous forme de hontes angoissées, nous les subirons comme les déchets de chaque jour que nous fuyons dans la gêne. »

L'évêque lui répondit :

« Vous êtes un imbécile. »

Une autre fois le Père Guimerà déclara qu'il détestait la servante pour sa « paillardise nocturne ».

L'évêque français lui demanda s'il était sûr qu'il ne fût pas lui-même le paillard.

La dernière fois qu'ils se virent tête à tête avant que le Père Guimerà regagnât la cité de Barcelone, il demanda soudain, tout bas, en murmurant, à l'évêque français :

« Pourquoi les femmes font-elles l'amour les yeux fermés ? »

L'évêque français commença par déclarer qu'il n'avait pas la pratique de ce à quoi il faisait allusion. Puis il murmura à son tour qu'il avait néanmoins entendu de nombreuses femmes s'accuser de leurs désirs dans le secret de la confession.

L'évêque français dit :

« L'obscurité unit ce que le regard divise. Dans le siècle et dans le monde, une femme ne peut voir sans qu'elle soit vue. Tout homme vrai, toute femme vraie préfère être à être contemplée. Dans l'invisibilité, cessant d'être soumise aux regards, elle cesse d'être soumise aux devoirs où l'éducation et la nécessité de plaire la requièrent de se contraindre dans son apparence plus qu'un homme n'a à faire puisqu'il n'enfante pas. La femme se dévêt soudain de sa séduction ; elle abandonne tout d'un coup tout son rôle ; elle ne craint plus aucun jugement ; elle n'a plus à mentir ou à feindre parce qu'elle n'est plus à l'extérieur de son corps et parce qu'elle n'a plus à plaire à partir de son corps qui doit recevoir la vie pour exister ; elle devient tout à fait libre à l'intérieur de soi ; elle devient indivise ; elle se donne tout entière à la sensation qu'elle éprouve. L'obscurité l'unit à la nature. »

L'évêque français ajouta sans hausser la voix, après qu'il se fut levé et qu'il eut gagné la fenêtre, regardant les monts couverts de neige, les arbres dénudés, le lac gelé qui étincelait sous le soleil :

« Mon fils, nul ne peut voir l'envers ténébreux du monde visible. Nul ne peut voir les deux vides qui bornent l'existence. Nul ne peut voir le trou de sa naissance. Nul ne peut voir le plus profond abîme qui est celui qui ronge l'heure qui passe et où elle tombe. Le prophète Moïse disait : Nul ne peut voir Dieu ou, s'il le voit, il ne peut plus vivre. »

CHAPITRE XX

Le Père Guimerà fut absent quatre mois. Un soir de janvier, à la cuisine, Doña Ester entra et dit qu'il fallait faire les pâtisseries parce que le Père Guimerà serait là dans trois jours. Un bol se brisa.

On ne voyait que son dos devant l'âtre. Rina était penchée en avant, une assiette de fromage blanc brisée à ses pieds. La tête du chenet était couverte de fromage blanc.

« Vous m'avez manqué », dit-elle quand il fut là.

Le Père Guimerà répondit qu'avec Dieu on ne manquait jamais. Puis il se ravisa et la regarda avec sévérité. Il lui dit :

« Vous n'avez donc pas lu la lettre que je vous ai adressée ? »

Rina ne répondit pas. Elle surprit les deux yeux désemparés du Père que grossissait étrangement l'eau des lorgnons.

Alors il lui dit avec violence qu'il avait rêvé d'elle une fois et qu'il en avait eu de la honte parce qu'il s'était poissé les doigts et qu'il n'était pas certain qu'il fût tout à fait enseveli dans le sommeil quand le plaisir l'avait surpris. C'était fini.

Elle lui rétorqua qu'il lui avait planté un javelot de bois de huit palmes dans le cou et que le manche s'en était brisé sur-le-champ, en sorte qu'elle le porterait à jamais dans sa chair et que rien ne l'en ôterait.

Il lui dit qu'elle était insolente.

Elle lui en demanda pardon mais elle lui fit remarquer que les Catalanes étaient réputées pour être plus promptes à la réplique que le vent.

Puis il dit encore à la servante :

« L'amour qu'un homme porte à une femme durant des années est plus sale que la souillure qui s'attache à l'homme quand il satisfait soudain son désir dans la bouche d'une prostituée de passage ou dans la main d'une veuve à l'instant de partir, dans l'impatience, sur le bord du fourneau. »

Et il la planta là. Rina ne regardait qu'une chose : sa figure. A Beauregard, il s'était laissé pousser la barbe. Sa barbe était blanche.

Une autre fois, alors qu'elle se précipitait vers lui dans la cour, il lui dit :

« Tu ne comprends pas que je ne t'aime plus ! »

Il était revenu couvert d'escarres pour avoir porté trop longtemps le corset de plâtre que le médecin lui avait posé à Beauregard.

Il se plaignait à Carme de ses doigts engourdis, raidis, endoloris par les rhumatismes. Il racontait à Don Oller qu'il pianotait là-bas, dans la maison de repos en France, sur une planchette de bois de buis pour conserver une part d'agilité mais qu'il doutait s'il rejouerait jamais.

Il était revenu plus maigre qu'il n'était parti, et plus pâle que du sable.

Son dos était peut-être moins voûté, mais il avait mal à la jambe droite.

Un mois plus tard, il revint à la cuisine. En rougissant, il lui demanda de venir le retrouver quand il se serait mis au lit. Mais quand elle gratta à sa porte, il ne lui ouvrit pas.

Le lendemain, il revint. Il lui parla. Il lui demanda si elle pouvait le suivre aussitôt. Il s'assit dans son fauteuil, tourné vers le feu qui flambait.

« Je ne te toucherai plus. Sais-tu ce que les autres servantes disaient de toi ?

– Non, mon Père.

– Elles disaient "mule sans tête". »

Elle le regarda fièrement et se prit à sourire. Elle le regarda un moment avec ce sourire sur les lèvres auquel se mêlait beaucoup de dédain. Puis elle parla. Elle lui répondit qu'il ne la plaignît pas de ce qu'elle était en train de faire de sa vie, que si elle était renvoyée de chez la Señora Doña Ester, elle abandonnerait sans tristesse sa coiffe et ses socques et irait manger le soir la *sopa boba* sans gémir sur sa pauvreté et sans maudire le souvenir qu'elle conserverait de lui. Qu'il lui laissât vivre sa vie auprès de lui et jouir de ce qui traînait de son corps auprès d'elle puisqu'il n'avait pas le courage d'avoir l'âme acquise à cette idée.

« Pourquoi me regardes-tu ainsi ? » lui demanda le Père Guimerà.

Elle rougit.

« Je pensais, mon Père : Que m'importerait d'être une mule sans tête, si vous me niquiez. »

Trois jours plus tard elle était en train de courir dans la cour un couteau à la main cherchant à s'emparer d'un dindon pour le repas de midi. Elle ne goûtait pas cela. Tuer la rebutait.

Elle saisit la manche de sa soutane quand il passa et pleura. Elle lui mit dans les mains la lettre qu'il avait adressée à sa tante et ce fut son tour de rougir quand il découvrit en la dépliant qu'il s'était mépris sur les adresses qu'il avait suscrites au revers des feuilles. Il s'arracha à elle et se dirigea vers le salon de Don Oller.

Mais deux jours plus tard, tandis qu'elle sanglotait, tenant les mains sur ses paupières, et qu'il l'entourait de ses bras en l'appelant ma fille, elle sentit, à un mouvement qu'il faisait pour se détacher d'elle, qu'il la désirait encore. Alors, loin de se reculer comme le Père s'efforçait de faire, elle approcha son ventre.

CHAPITRE XXI

La chambre du Père Guimerà ne contenait pas de miroir. A peine Rina était-elle entrée qu'elle mouchait la chandelle.

Jamais ils ne virent comment la nature avait formé les femmes et les hommes, ni comment ceux qui les avaient conçus les avaient faits. Ils jouissaient lentement dans le noir. Ils faisaient tout pour étouffer leur joie mais elle n'en était pas diminuée.

Elle s'agenouillait auprès du Père sur le carreau, en retrait de lui, et répétait après lui les Litanies du Saint Nom de Jésus, malgré sa fatigue, ressassant sans finir les « Lumière des confesseurs », les « Soleil de justice ». Quand venait le moment de gagner le lit, les nuits où il l'invitait à demeurer, la hâte et le retard se mêlaient. Elle redoutait toujours plus que tout au monde qu'un gargouillis se fît entendre dans son ventre. Cela l'humiliait sans mesure. Elle mettait des embauchoirs aux souliers du Père, amoncelait la cendre sur les braises et se glissait dans le lit.

Après qu'il l'avait étreinte, après qu'elle avait senti sur ses seins encore gonflés sa barbe blanche, il tenait la jeune femme par la nuque et s'endormait. Il lui fallait alors se dégager de ses bras, se lever, regagner sa soupente et sa paille. Elle aimait ses doigts qui pressaient son cou et qui tiraient en dormant ses cheveux les plus fins. Elle demeurait un peu.

Elle aimait cette joie lente et avide qui se saisissait du corps, qui l'étreignait jadis de peur, qui l'emplissait d'un cri qu'elle voulait dérober de la même façon que le Père cherchait à l'étouffer, qui arrachait d'un seul coup au marmonnement continuel qui ne cesse pas dans le crâne des femmes et des hommes, que les enfants disent tout haut, et qui est un fleuve de langage boueux. Le Père appelait ce fleuve la conscience.

Les soirs où elle connaissait qu'elle devait le rejoindre, elle montait un demi-seau d'eau froide à la soupente. Elle plaçait près de son lit une cuvette d'émail qu'elle remplissait avec cette eau. Elle y ajoutait une minuscule part de l'eau où elle avait fait macérer la perle. Elle s'éclaboussait la poitrine en poussant de petits geignements tant l'eau était glacée et s'essuyait. Elle s'accroupissait dans l'eau glacée et se lavait les fesses et le sexe en crispant sa mâchoire, si froide était l'eau. Puis elle mettait ses pieds dans la cuvette à cause des draps du Père.

Elle le rejoignait. Il commençait par dire qu'il fallait faire pénitence. Il disait :

« La pénitence est la douleur intérieure et sincère qu'on conçoit d'un plaisir qu'on a éprouvé dans l'inconscience. C'est plus qu'un regret d'avoir caressé notre nudité. C'est une angoisse qui fait trembler et qui élance. C'est une haine contre un crime. C'est un gémissement qui doit être sans bornes afin de se curer complètement de sa misère, afin d'attacher Dieu à sa contrition, et afin de se résoudre à se détourner à jamais de la saleté et de la faute qui poisse. »

Alors ils se mettaient à genoux. Il la faisait mettre aussi à genoux dehors, dans la cour, avant l'aube, les genoux nus sur des petits cailloux. Il l'obligeait à jeûner. Elle devait pleurer sur son indécence.

Il lui faisait réciter, le psaume L : « Il n'est rien de sain dans ma chair. » Il exigeait qu'il en fût pour elle comme il en allait pour lui-même, que l'animal fût persécuté, que l'amour-propre fût piétiné, que la honte fût désespérante, que la douleur poignît, que la tristesse d'être soi décourageât de la faute et de la spontanéité de la vie qui entraînait à elle.

Pour Rina, le Père était musique et nuit. Dans l'obscurité de la nuit, il était débordé par son désir et devenait impatient. Le reste du temps, c'était un prêtre, une conscience, un ruisseau de langage, un homme, c'est-à-dire un assemblage de la peur d'être seul, de la crainte du ridicule, des frayeurs de vanité, et du contrôle angoissé et perpétuel de soi. Et il était méchant.

Il n'était bon qu'invisible. Il n'était bon que quand il jouait de la musique. Cela n'arrivait plus que de loin en loin, quand ses doigts retrouvaient leur souplesse, mais cela durait plus de temps. Elle tirait les rideaux qu'elle avait mis à la fenêtre ; elle demeurait debout dans l'ombre. Penché sur son luth, le Père s'absentait du monde, il ne résidait plus que dans l'espace situé entre son visage et l'instrument. Des sons inouïs s'élevaient. Elle lui avait connu une extraordinaire virtuosité mais il était trop timide pour l'avoir montrée à autrui. Jamais il n'osa l'utiliser devant Don Oller. Rina avait été seule à en avoir l'honneur parce qu'il imaginait qu'elle ne pouvait pas en apprécier exactement la valeur, faute d'avoir jamais entendu d'autre musique que celle qu'il lui jouait, et aussi parce qu'il oubliait sa présence. Même devant l'intendant, son épouse et leurs enfants, même quand ils étaient seuls et qu'ils ne recevaient personne d'étranger à leur table, même quand ses doigts fonctionnaient avec une relative aisance, la peur le paralysait et il jouait humblement, supprimant à l'avance tous les traits qu'il était pourtant parfaitement capable d'exécuter.

La tête et le buste penchés sur le luth, le grand nez pris dans la lumière de la bougie, les yeux clos, attentif aux sonorités qu'il éveillait, il cessait d'être là comme un homme. Il était plutôt comme un tison qui se consume, ou un fantôme, ou une jonquille à tête blanche qui se flétrit et se recroqueville, ou un ange, un vieil ange. Il était le son qui naissait, qui s'épanouissait et il était aussi son écho qui se perdait en lui. Il parlait alors vraiment, à cœur ouvert. Elle-même fermait les yeux bientôt, oubliait ses doigts malades, le bruit de sa respiration, son corps fatigué. Plus rien ne rayonnait que le son entre eux, et une respiration mêlée de mélodie qu'elle-même épousait. L'un et l'autre, les yeux fermés, ils s'engloutissaient on ne sait où.

Il était souvent envahi d'une mauvaise humeur secrète sur laquelle elle n'avait pas prise. Alors, durant des jours ou des semaines, ils ne se retrouvaient pas la nuit. Il ne lui donnait pas la primeur des nouveaux chœurs qu'il composait ou qu'il recopiait. Quand elle le voyait durant la journée, dans l'hôtel de Don Oller, elle ne recevait de lui que sa mine renfrognée, sa tête tombante et grisonnante, des caprices parfois, et toujours une gêne sournoise et malheureuse accompagnée de manœuvres d'évitement qui la blessaient pour tout le jour.

Il lui disait :

« Si vous voulez que Dieu ait pitié de vous, lavez-vous le bas de votre corps. Allez à la mer. Lavez-vous l'intérieur des cuisses et ne rêvez plus de mon visage. Il faut effacer mon nom de votre âme et oublier tous les chants de la musique sauf les deux syllabes de Dieu. »

Elle laissait dire, et plus elle laissait dire, plus le Père Guimerà s'irritait et l'admonestait. Elle se tenait exposée à ses volontés comme une terre sèche qui attend la pluie. Quand il la regardait, il était plus loin de Dieu que quand elle, elle le regardait. Elle ne le regardait pas : elle, elle fermait les yeux, elle regardait Dieu, et il était scandalisé par le désir précis qui le portait vers cette femme qui l'aimait plus profondément que lui.

Il lui disait :

« Madeleine la Prostituée a montré son ventre des milliers de fois. Des milliers de fois elle a pris dans sa main les choses des hommes. Des milliers de fois elle a plongé la langue dans leur bouche. Madeleine entendit soudain la parole : "Ne me touchez pas." »

Le Père la regarda alors. Il avait fait mettre Rina à genoux devant lui dans la chambre. Il dit :

« C'est une parole douce et terrible. Elle qui avait mille fois touché les sales guenilles d'où nous venons, elle est allée au désert et elle a caché sa vie pénitente et inconnue à l'abri d'une grotte dans les dunes de sable. Cette grotte perdue dans le désert est cette parole douce et terrible de Dieu. Elle a insinué son corps dans "Ne me touchez pas". Elle a joint ses doigts sur "Ne me touchez pas". Elle a défait ses cheveux et replié ses genoux dans “Ne me touchez pas” et elle a rangé sa langue dans la grotte de cette interdiction que Dieu lui avait faite. »

Elle ne l’écoutait pas. Elle le regardait.

Il avait des épaules toutes frêles et blanches.

Le soir elle posait pour lui une petite jarre de lait au coin du feu, sur la pierre d’âtre.

Son déchirement s’apaisa le jour où elle comprit soudain la pensée du Père : pour le Père Guimerà, Dieu ne voyait pas la nuit. Elle le comprit après sa mort, beaucoup plus tard, quand elle eut trente ans passés, le jour où elle se donna à Jacint. Elle comprit à cette occasion le bonheur et l’unité qu’elle avait éprouvés jadis dans les bras du Père Guimerà. Elle ressentit pourtant plus de plaisir avec le jeune teinturier aux mains toutes bleues. Il avait tenu à laisser la lampe à huile flamber sur la chaise de paille, disant qu’il n’était pas question pour lui de caresser les seins des femmes dans le noir, et qu’il aimait plus que tout au monde caresser les seins des femmes. Après que le teinturier eut déchargé en elle, il avait pris la lampe et l’avait regardée encore. Elle avait vu sa main bleue sur son ventre. Puis elle l’avait vu déplier devant elle ses bourses et exciter son pénis en lui demandant si elle le trouvait beau. De ce jour, elle avait définitivement donné la préférence à la nuit sur le jour et, quand il ne faisait pas nuit, elle n’avait plus hésité à fermer les yeux dès lors qu’elle souhaitait ressentir plus intensément une sensation qu'elle éprouvait. Même quand elle mangeait, elle faisait ainsi. Le regard lui parut lâche. Les hommes étaient des couards. Elle fermait les yeux quand elle entendait dans la chapelle ou dans l'église une pièce de musique qui l'émouvait. Elle fermait les yeux quand elle se lavait. Elle fermait les yeux quand elle était à pisser ou qu'elle était à excréter. Elle fermait les yeux quand elle buvait de la bière.

Elle ne prêta plus une grande attention à ce que les femmes ou les hommes disaient. Le langage armait, couvrait, chaperonnait. La conscience était haineuse ; elle esseulait. On ne pouvait s'approcher l'un de l'autre ni avec les mots, ni avec les corps, ni avec la lumière, ni avec les œuvres. On ne pouvait s'approcher l'un de l'autre et s'offrir l'un à l'autre, se dénuder, se toucher, s'aimer qu'en replongeant le langage au fond de l'âme, en replongeant l'âme au fond du corps, en replongeant le corps dans l'océan d'appartenance d'où l'espèce est issue, c'est-à-dire où elle se voit reconfiée à la masse aveugle et insensée du monde vivant. Dans l'obscurité de la nuit, dans le plaisir, dans le rêve, le corps lentement s'éveillait à lui-même, comme le sexe des hommes se dressait. Le Père Guimerà jadis, quand il était vivant, quand ses doigts pinçaient les cordes de son luth, croyait à tort qu'on pouvait gratter et mettre de côté des épargnes sur les signes qui avaient précédé le langage, et économiser la bête velue sur laquelle s'étaient surajoutées l'humanité et la conscience individuelle. Il fallait mettre la nuit dans le jour, le désir à l'intérieur du langage, l'amour au sein de l'étreinte plutôt que la haine de deux consciences qui prétendent régner, tyrannisent, se jalousent, se distinguent, s'isolent et s'épient.

Plus tard elle mit la nuit dans le jour et elle alla jusqu'à contempler le soir, depuis la deuxième marche de la cuisine, près du décrottoir et des herbes, les constellations dont son père lui avait enseigné les noms dans la cour de la ferme de la serra de Montseny, à Sant Esteve de Palautordera. Leur pureté lui paraissait moins intense que la nuit qui les environnait et qui s'accroissait de la profondeur infinie.

La vie ne regardait jamais. Sans distance avec elle-même, elle s'éprouve. Elle ne se revigore qu'à partir de ce fond de force à la fois illimitée et immédiate, et sur lequel l'histoire n'est qu'une écume. Comme elle est indivisible, elle s'ignore.

Je parle de Rina Jonques. Moi qui écris sa passion, ma vie aura été passionnée puis furieuse. Je n'ai jamais cherché à plaire à un homme, puis à un autre homme. Je n'ai jamais songé à être belle pour la mince satisfaction de leurs regards. J'aurais aimé attirer vers moi la nuit elle-même.

C'est quand les hommes ferment les yeux et qu'ils ignorent où ils sont et ce qu'ils font que Dieu les enveloppe dans son ombre.

Je préférerai toujours, dans l'amour, au plaisir lui-même, juste après le râle, la nuit immense où on échoue.

CHAPITRE XXII

Le taureau a foncé contre le cheval. Aussitôt il l'a mis à terre. Les muscles du taureau frémirent soudain. Les muscles du cheval ont tressailli sous la robe.

Le taureau s'est rué de nouveau contre le cheval qui tentait de se relever, les entrailles ruisselant dans le sable. Tous hurlaient leur joie.

Le taureau rejoignit l'ombre.

Les hommes se sont avancés un peu. Le taureau a foncé pour s'arrêter subitement le museau au sol, à la limite de l'ombre et de la lumière. Un homme s'est approché, l'épée à la main, l'autre main posée sur la hanche. Le taureau l'a chargé, l'a fait rouler à terre, l'a encorné et l'homme est mort. Rina a applaudi en criant tout à coup sa joie. Cinq hommes se sont précipités et ont aveuglé le taureau avec leurs capes. Elle vit au loin le Père qui revenait de la cathédrale et qui ne paraissait pas bien. Il tenait la tête penchée en avant et sa barbe blanche se détachait nettement sur la soutane. Il était en train de chercher à se frayer un passage quand il se mit à vomir. Elle s'est dirigée vers lui dans la foule. Ils ont quitté l'enceinte circulaire que formaient les hommes serrés les uns contre les autres sur la place, le Père s'appuyant au bras de Rina.

Il vomissait encore dans la chambre. Elle lui tenait le front avec la main. Il tremblait de froid. Elle nettoya sa barbe. Elle ôta la soutane souillée afin de la laver. La soutane était si grise qu'elle songea qu'elle la confierait, après qu'elle l'aurait lavée, au teinturier Jacint afin qu'elle retrouvât sa couleur noire.

Elle était en train d'asseoir le Père Guimerà près de l'âtre dans le fauteuil à la tapisserie verte. Elle s'apprêta à faire du feu. Le Père lui dit sèchement qu'elle n'en fît rien, que l'odeur du bois qui brûle lui donnait mal au foie et le pousserait à vomir de nouveau, qu'elle le laissât seul, que tout ce qui l'avait rendu malade continuait de le rendre malade. Que ce n'était pas la mort d'Americo qui l'avait exilé dans la tristesse et le désir de mourir comme il avait cru tout d'abord. Que l'évêque de Beauregard lui avait ouvert les yeux sur les causes de sa maladie. Que c'était de sa faute s'il était si mal. Que sa maladie portait son nom. Que c'était à cause d'elle s'il avait peur de l'enfer que sa présence avait déchaîné – du même enfer que celui où se vautraient les hommes dans la contemplation du sang des taureaux répandu dans le sable. Qu'il ne la comprenait pas. Qu'il ne composait plus rien ou à peine. Qu'elle s'en allât. Que Dieu le maudissait à cause d'elle. Que l'évêque de Beauregard lui avait ôté tout espoir de recouvrer le goût de vivre et la joie de chanter. Qu'elle laissât là sa soutane. Qu'elle regagnât les cuisines. Que ce fût désormais Nùria qui le servît.

Elle ne partit pas. Elle s'assit en face de lui, devant l'âtre, sur le tas des bûches coupées et préparées. Elle dit tout bas, tandis que les mots qu'elle prononçait se bousculaient sur ses lèvres :

« Je ne comprends pas que ce soit mal de nous aimer. Je ne comprends pas davantage que vous répétiez sans cesse la même rebuffade.

– Vous aimez un homme qui a fait vœu de célibat, répondit-il. Je vous demande pardon de vous avoir séduite mais je vous demande aussi de quitter ma chambre. »

Rina ne bougea pas. Elle leva le visage, le regarda et dit très vite, rougissante, en expulsant les mots d'un coup :

« Vous n'êtes pas moine. Vous n'êtes qu'un prêtre. Vous êtes le maître des chœurs de la Egglesia dels Sants Just i Pastor. Vous n'avez pas fait le vœu d'être chaste.

– Vous êtes spécieuse, mon enfant. C'est mal, parce qu'il n'y a pas d'amour hors du mariage. Un prêtre ne peut se marier. »

Il ajouta d'une voix sourde :

« Et il n'y a pas d'amour en dehors des enfants dont le mariage est la fin.

– Ne craignez pas cela, mon Père. Il n'y aura pas d'enfants.

– Aussi notre plaisir est-il contre nature. Je ne sais pas comment vous en contrôlez l'infécondité. Ce que nous faisons est impie. »

Elle cria en se levant :

« Non ! Non ! »

Elle se rassit soudain sur le tas de bûches comme si elle avait manqué tomber. Ses yeux quittèrent la tête du Père et se portèrent sur le crucifix de porcelaine noire qu'elle avait jadis cloué au montant du lit. Elle avait le regard perdu dans le vague. Elle dit pour elle-même :

« Seigneur, à qui fais-je du mal en aimant le Père ? Je n'en cause point à Vous ! Ni au Père qui est assis dans son fauteuil et qui ne me maudit que quand il n'est pas dans mes bras ! Je n'en cause point au maître ! Je n'en cause point à moi ! »

Le Père la regardait avec un air hébété. Elle dit encore :

« Où est le mal, Seigneur, dans un homme qui jouit ? »

Rina dit encore :

« Où est le mal, Seigneur, dans un taureau qui baisse ses cornes et qui fonce sur l'homme qu'il voit ? »

Le Père Guimerà ne prit pas la parole aussitôt. Il regarda la tache de la vomissure qui avait percé la soutane et avait souillé sa chemise. Il dit sans lever son regard sur elle :

« Ce n'est pas votre amour qui doive être justifié. C'est ce que nous faisons, parce que nous le faisons en nous aimant, qui est mal. »

Rina se leva lentement, prit le coude du Père Guimerà, se pencha vers lui et se mit à le regarder dans le fond des yeux.

« Mon Père, m'aimez-vous un peu ? »

Il s'affola. Il se leva de son fauteuil en esquivant son corps. Il était en chemise et paraissait vieux, osseux et maigre. Il prit un livre de prières sur l'étagère en pleurant.

CHAPITRE XXIII

Rina referma la porte de la chambre derrière elle. Elle longea les balustres de la galerie, lentement, en effleurant du bout des doigts les colonnettes une à une. Puis elle se précipita aux cuisines, demanda à Carme si elle pouvait retourner sur la place pour assister à la fin du combat de taureaux. La cuisinière l'y autorisa mais, quand Rina arriva sur la place, la foule était si dense qu'elle n'eut pas moyen de voir et qu'elle s'en retourna. Elle bassina les lits.

La nuit, elle ne dormit pas. Le lendemain matin, avant l'aube, elle retourna sur la place du combat de taureaux, marcha dans la paille et le sable qui n'avaient pas été balayés. Elle contempla sur le sable foulé les empreintes qu'avaient laissées les bottes des hommes, les fers des chevaux, les sabots des taureaux. Elle contempla autour de ces empreintes une tache de sang agglutinée au sable et presque noire dans le silence et dans la lueur terne de l'aube.

Elle regarda ses fortes mains dans la blancheur de l'aube.

Elle s'était prise d'affection pour ses propres mains. Parfois il arrivait avec le Père — après qu'il s'était approché d'elle honteusement, furtivement, et qu'il lui avait chuchoté de monter dans sa chambre quand son service serait fini — qu'elle dût introduire en elle, sous le drap, dans l'ombre du lit, la chose qu'elle n'avait jamais vue. La chose se dressait si tenacement à l'extrémité du ventre du Père. Elle la poussait du bout des doigts et lui livrait passage.

Sur le banc de la cuisine, de retour de la place où avait eu lieu le combat des taureaux, le dos tourné contre la table afin de soutenir ses reins, sur son tablier blanc tendu entre ses cuisses, elle regardait ses mains. Elles n'étaient pas belles ; ses doigts étaient gros, les paumes étaient crevassées ; ses ongles étaient toujours coupés ras ; mais le gras au bout de ses doigts touchait cette chose inconnue. Après qu'elle se fut assurée qu'elle était bien seule dans la cuisine, Rina porta ses doigts à sa bouche. Elle en effleura ses lèvres, puis les ouvrit, laissa ses doigts posés sur elles, touchant l'ivoire des dents.

Une seule fois, elle se confia à Carme. Elles étaient

toutes deux assises sur la marche la plus haute de la cuisine, dans le coin d'herbes et de ronces, près du décrottoir. Carme buvait du babeurre et parlait du mauvais état dans lequel le Père était revenu de France.

« Il est frêle comme une herbe, convint Rina. Mais je ne pense pas qu'il meurt à cause de son angine, de ses rhumatismes, ou de vieillesse. Je crois qu'il meurt parce qu'il m'aime et qu'il ne veut pas le comprendre. A mon avis les hommes ne veulent pas comprendre qu'ils aiment quand ils tombent amoureux. J'ai vu mourir mon père. Les hommes vont mourant comme des petits garçons qui gémissent dans leurs manies. Comme des petits garçons qui réclament toujours plus une mère qu'une femme, et qui terminent leurs jours en pleurnichant dans l'effroi devant la souffrance et dans l'épouvante devant la disparition. »

Néanmoins la chambre où vivait le Père Guimerà était si grande et si humide, l'église si froide, que les doigts du Père se déformèrent d'une façon extraordinaire et presque inexplicable. D'étranges nœuds d'os lui étaient poussés aux articulations. Il eut du mal aussi à mettre sa flanelle qui tire-bouchonnait sous la soutane.

A quelques jours de là, la flanelle tomba à l'église à ses pieds, sous l'ourlet de la soutane, tandis qu'il dirigeait le chœur, et quelques rires fusèrent dans l'assemblée. Le lendemain, il fit venir Rina. Il lui demanda en rougissant :

« Ma fille, quand je vais aux messes, je vous demanderai de m'aider à mettre ma flanelle. Je n'ose le demander à Nùria.

— Oui, mon Père.

— Cela ne vous gêne pas ? »

Elle fit non de la tête. A la vérité, elle était folle de joie qu'il recourût de nouveau à elle.

Il allait se mettre dans l'angle le plus obscur de la chambre, près du coffre, à contre-jour, et il soulevait sa soutane. Elle voyait son pantalon de laine qui pointait, qui contenait la chose, et, sur ses reins, elle enroulait d'une main ferme la flanelle et il lui disait merci soit dans l'embarras, soit dans la hargne, selon les jours. Son sous-vêtement était un pantalon de laine grise qu'elle lavait une fois la semaine.

Il eut cinquante-neuf ans. A l'occasion de la fête des Reis Mags, l'intendant du Seigneur Conseiller fit graver l'unique recueil de chants qui reste de lui. Il ne composait presque plus de musique alors, faute qu'il pût s'exercer. Le Père Guimerà n'offrit pas à Rina Jonques ce livre quand il l'eut fait graver.

Il ne l'appelait plus auprès de lui dans son lit.

Pour la Sexagésime de 1722, il eut un torticolis.

Il souffrait tant à ses mains qu'il enfilait, même quand il faisait doux, des gants de laine rouge sur ses mitaines. Il lançait la cape et la fixait avec difficulté parce que la broche était aussi menue que froide. Il plaçait son chapeau auquel elle cousit un grand rabat de soie noire qui lui descendait sur les épaules pour protéger les oreilles et le cou des courants d'air.

Un jour où elle lui nouait sa flanelle Rina se décida à lui faire part de son désir.

« Mon père, je serais heureuse si vous me lisiez un de ces livres que vous possédez. Ou même ce livre que vous m'avez offert. Mon Père, je ne sais pas lire. Depuis deux mois vous ne me faites plus venir du tout pour entendre vos chants. Quand bien même je ne comprendrais pas tous les mots que vous direz, je me suis prise à rêver du bonheur que j'aurais à vous entendre lire des livres. »

Il dit qu'il ferait ainsi dès le lendemain et la pria de le laisser et de quitter sa chambre après avoir mouillé les braises.

Le lendemain, à la cuisine, il lui demanda d'apporter le petit livre couvert de soie bleue qu'il lui avait offert jadis.

Il prit le livre, l'ouvrit, chercha. Il se tut un moment puis il lui lut le psaume CXLVII dont le sujet est le givre, et sur lequel il avait écrit des années auparavant un grand choral :

« Il dispense la neige comme une laine,
Répand le givre comme une cendre.
Il jette sa glace par morceaux.
Devant le froid où Dieu se tient, qui peut tenir ?
Il envoie sa parole et c'est la foudre sur la montagne.
Il souffle ses mots, la pluie tombe. »

CHAPITRE XXIV

Durant la fin de l'hiver 1722, il lui lut les trois histoires de Paphnuce.

Il se pencha en avant sur son livre. Il pinça sur son nez ses lorgnons.

Saint Paphnuce s'était perdu volontairement dans les déserts de la Thébaïde, perdu dans les immenses serras de sable qui suivaient Héraklée. Il avait été le dernier solitaire qui s'était séparé du monde dans les sables d'Afrique. Son austérité surpassait en rigueur les épreuves de tous ceux qui l'avaient précédé autrefois dans ces roches jaunes et dans cette lumière éblouissante. Aussi, un jour, Paphnuce s'était-il adressé à Dieu et lui avait demandé avec tourment : « Mon Dieu, quel est celui des saints auquel je puis ressembler le plus ? » Une voix lui parlait souvent à l'oreille dans l'obscurité de la nuit et il se laissait conduire par elle. La voix murmura avec dégoût : « Paphnuce ! Paphnuce ! »

Mais Rina n'écoutait pas. Elle regardait le Père lire. Elle se souvenait de son corps la nuit dans ses bras. Elle aimait la minceur de son corps sur elle. Il était gauche et léger. Sa barbe frottait sa joue et son oreille. Sa peau était froide tout d'abord puis devenait simplement fraîche et douce comme une pièce de satin.

« Paphnuce ! Paphnuce ! répétait le Père Guimerà avec une voix plus basse. Tu ressembles à un musicien qui chante dans le bourg qui précède Héraklée et qui tient un luth ! »

« Quelle belle histoire ! » commenta le Père. Il poursuivit :

« Paphnuce, répétait la voix qui lui parlait, tu es un homme qui t'es toute ta vie laissé conduire par une voix. C'est en t'accompagnant sur un instrument de bois que tu la feras revenir ! »

Paphnuce fut le plus surpris. D'une part, il chercha autour de lui de quel instrument la voix de Dieu pouvait parler. D'autre part, un musicien qui chantait dans un village ne répondait nullement à l'idée qu'il se faisait de la sainteté.

Aussi Paphnuce se rendit-il au village qui se

trouvait à la frontière du désert. Il frappa à la porte d'une maison. Il demanda le musicien.

Rina se recroquevilla près de l'âtre et se mit alors à écouter avec attention.

« Il est là, lui répondirent les gens en lui montrant le cabaret. Il boit et il chante pour amuser les paysans qui se reposent de la chaleur.

Paphnuce poussa avec répugnance la toile qui fermait le cabaret et qui protégeait la salle du soleil. Il tâtonna dans l'ombre. Il aborda le musicien. Ce dernier était vêtu de haillons. Il était aveugle et ses paupières étaient demeurées ouvertes sur deux amandes vitreuses et jaunes. Il était sale et avait devant lui un gobelet de vin. Le nez de Paphnuce frémit. "Voilà donc, pensa-t-il, le saint auquel je suis semblable. Dieu me punit !", et Paphnuce demanda au musicien par quelle voie il s'était élevé si haut en sainteté devant le Seigneur du ciel.

– Brave homme, lui répondit le musicien. Je pense que vous vous moquez de moi !

Paphnuce lui rapporta ce qu'avait dit la voix. Le musicien rit, prit en tâtonnant son instrument de bois qui était près de lui par terre et le posa sur ses genoux pour l'accorder. Il dit :

– Je ne suis pas saint. Je suis le dernier des misérables. Avant de jouer dans les cabarets à cause de ma cécité, je faisais partie d'une compagnie de brigands. Ma vie est un tissu de malhonnêtetés. C'est pourquoi les soldats m'ont percé les yeux quand ils se sont emparés de moi. Je bois pour oublier que je me fais horreur à moi-même.

Paphnuce devint pensif.

– Cherchez bien dans votre mémoire, dit-il au luthiste. Vous trouverez quelque bonne action que vous avez faite autrefois.

– Je ne vois pas de bonne action dont j'ai été la source, dit l'aveugle.

– Cherchez plus avant encore, dit Paphnuce.

– Je me souviens, dit l'ancien brigand tout à coup, qu'un jour nous nous saisîmes d'une femme toute jeune, humble, vierge, ravissante, qui avait de beaux seins ronds et qui était la servante d'un homme de Dieu. Nous nous écartâmes de la maison et la jetâmes à terre sous un dattier. Mes compagnons étaient en train de lui écarter les jambes de force quand je la leur arrachai. Il se trouva qu'elle urinait dans la crainte sur la poussière du sol et, dans le même temps, qu'elle s'exclamait en pleurant : "Seigneur ! Seigneur !" Je la conduisis sur mon cheval dans le bourg qui se trouva être le plus proche, achetai sur mon argent une tunique neuve que je lui enfilai et allai à l'église où je la confiai au prêtre alors qu'elle pleurait toujours, tellement elle avait été saisie par la frayeur d'être violée.

– Je comprends ce que me dit ce que vous me dites, déclara Paphnuce. Cela veut dire : Vous qui vous croyez bons, ne présumez pas. Et vous qui croyez demeurer dans la haine, vous séjournez encore dans l'amour.

— Ce n'était pas de l'amour, rétorqua le musicien. C'était une fille qui pissait sur le sable dans la peur. Aussi ne m'inspirait-elle pas particulièrement de désir.

— C'est ainsi que tu le voyais quand tu étais voyant mais Dieu t'a aveuglé. Les choses visibles et les choses invisibles brûlent ensemble sur un même feu dans l'inscrutable géhenne du cœur humain. Comme dans une fournaise où des métaux en fusion se mêlent, nul ne distingue ce qui naît de l'un et ce qui provient de l'autre. Seul voit l'aveugle quand la lumière est là, lui qui ne voit même pas l'obscurité dans la nuit.

L'aveugle prit sa tasse et la porta à ses lèvres. Il la reposa en tâtonnant sur le bois de la table. Il se tut un temps. Il tira quelques accords de son luth. Puis il se confia à saint Paphnuce :

— Du temps où je voyais, je me promenais le soir le long de la mer. Je baissais les yeux : je comptais les grains de sable du rivage. Je puis vous dire que ce n'est pas lourd ! Je levais les yeux : je comptais les étoiles du ciel. Je puis vous dire que tout cela est peu de chose ! De ces deux souvenirs j'ai tiré cet air.

Il interpréta un air qui n'était pas gai et Paphnuce se retira. »

Le Père Guimerà s'interrompit alors dans sa lecture.

Rina leva la tête et regarda le Père qui s'était soudain tu. Les larmes tombaient sur la page du livre qu'il tenait ouvert devant lui.

CHAPITRE XXV

Le Père Guimerà essuya ses lorgnons. Il commença de la sorte la seconde histoire :

« Un jour, alors qu'il était très vieux, avant de mourir, Paphnuce reçut la visite d'un jeune moine dans le désert qui l'interrogea sur son maître. Saint Paphnuce avait été le disciple de saint Macaire. Paphnuce demanda au jeune homme s'il connaissait l'histoire du présent de l'hyène. Car c'était ainsi que le maître de saint Paphnuce appelait sa tunique.

– Je ne connais pas l'histoire du présent de l'hyène, répondit le jeune homme.

– Un jour, reprit Paphnuce, que mon maître était

assis dans sa cellule, s'entretenant avec la voix du Seigneur, un animal frappa de la tête contre la porte de la grotte. Saint Macaire ne se retourna pas et resta dans la compagnie de sa voix. La porte céda. L'animal entra en tenant entre ses dents son petit et le déposa aux pieds de Macaire. Le saint alors vivait nu. Le solitaire les regarda tous les deux. C'était une hyène qui apportait son petit à mon maître. Macaire, après qu'il eut examiné le petit de l'hyène, s'aperçut qu'il était aveugle.

Alors il cracha sur ses yeux fermés, et aussitôt ses yeux s'ouvrirent. L'hyène s'approcha, se coucha sur le flanc et présenta ses mamelles pendantes au petit qui téta. Puis elle l'emporta.

Le lendemain, l'hyène frappe encore de la tête contre la porte. La porte s'ouvre de nouveau. De nouveau l'hyène s'approche de Macaire. Ce n'est pas son petit qu'elle tient entre ses dents, c'est une peau de chèvre qu'elle lui présente.

Macaire, après qu'il eut considéré les taches de sang qui maculaient la peau, dit à l'hyène en grondant :

– Comment as-tu pu te procurer cette peau en tuant ? Malheureuse, je t'ai fait du bien et toi tu as volé un pauvre et tu as massacré sa chèvre ! Tu me fais trois présents en retour du bien que je t'ai fait : un vol, ta férocité et un meurtre !

L'hyène continuait à tenir la peau entre ses dents et regardait le saint avec un air suppliant.

— Non, dit mon maître. Cette peau ne m'agrée pas. Elle est ensanglantée.

L'hyène plia les genoux et fit tomber la peau. Elle pleura et lava de ses larmes les traces de sang qui maculaient le poil. Alors mon maître, touché par la compassion, lui demanda en chuchotant de lui promettre de ne plus faire tort aux pauvres et de ne plus dévorer leurs biens en ouvrant la bouche et en montrant les dents.

L'hyène baissa la tête.

— Dans ce cas, dit mon maître, j'accepte ton présent.

Il noua la peau à sa taille. C'est pourquoi Macaire appela sa tunique le présent de l'hyène. Jamais il ne la nomma autrement. Il en fit don plus tard à sainte Mélanie. C'est ainsi que Paphnuce parlait. »

Rina se leva, alla au coffre, prit la soutane du Père qui avait reçu la macule de vomissure et que Jacint avait reteinte en noir. Elle l'étendit sur le lit à baldaquin.

Puis elle s'assit de nouveau sur son tas de bûches.

CHAPITRE XXVI

Le Père Guimerà frotta la racine de son nez et chaussa de nouveau ses lorgnons. Il commença de la sorte la troisième et la dernière histoire de Paphnuce :

« Il y avait à la même époque une pécheresse nommée Thaïs, dont la beauté était irrésistible. Les hommes vendaient leurs maisons pour lui offrir des cadeaux. La jalousie allumait entre ses amants une telle fureur que le carrelage de la chambre à coucher de la pécheresse était rarement exempt de sang. Le scandale prit de telles proportions et les morts des jeunes villageois étaient si nombreuses que la cité envoya à l'abbé Paphnuce une délégation afin de lui demander son conseil.

Paphnuce les écouta, se tut, puis les renvoya en demandant qu'ils lui rapportassent le lendemain un habit séculier, un rasoir effilé et une bourse contenant des pièces d'or.

Le lendemain, Paphnuce trouva devant la porte de la grotte un rasoir bien effilé, un habit magnifique et une bourse pleine. Il alla à l'oasis et il rasa sa barbe. Il revêtit l'habit, enfouit la bourse dans sa poche et se rendit à la ville. Il se présenta à la porte de la maison où demeurait la pécheresse.

Thaïs le fit monter et Paphnuce lui tendit la bourse pleine de pièces d'or. La pécheresse l'introduisit dans sa chambre. Il regarda longuement la chambre tout illuminée de flambeaux et les murs recouverts de tapis cloués à même la pierre. Il approcha des fenêtres et toucha les tentures épaisses. Il se tourna enfin vers la pécheresse et lui dit :

– Sans doute ta chambre est-elle retirée et secrète. Cependant, elle ne me convient pas. Je voudrais une chambre plus retirée, afin de t'avoir à moi seul, et plus secrète, afin que ma voix puisse témoigner sans gêne du plaisir que je vais prendre dans ton ventre.

– Je vous assure, dit Thaïs, que nous sommes ici parfaitement à l'abri du regard des hommes.

– Sans doute, dit Paphnuce, mais cela ne me suffit pas. Je vous prie de bien vouloir me conduire dans une chambre où nous soyons à l'abri du regard de Dieu.

La pécheresse fut immédiatement troublée au fond de son âme. Alors Paphnuce demanda à Thaïs pourquoi elle consentait à faire devant Dieu ce qu'elle n'aurait pas l'audace de faire devant tous. La pécheresse s'agenouilla. Elle pleura. Elle le supplia de ne pas partir de sa chambre qu'il ne lui eût donné son pardon et qu'il ne l'eût instruit de sa pénitence. Elle dit :

– J'irai passer le reste de ma vie où vous m'ordonnerez de me rendre. Donnez-moi seulement une heure en échange de ma vie entière que je vous consacrerai.

Il la lui accorda. Ils sortirent de la maison. La pécheresse fit ôter tous les meubles et les tapis et les pièces d'or que contenait sa maison et les fit porter sur la place. Elle les brûla en présence de tout le peuple. Les plus pauvres cherchaient à voler l'un ou l'autre de ces biens mais Thaïs les chassait avec un couteau. Ses anciens amants se précipitaient dans les flammes pour dérober au feu un souvenir mais Paphnuce les en empêchait avec la ceinture de sa tunique dont il se servait comme d'un fouet. Ni l'une ni l'autre ne voulurent qu'on pût jouir des prix du péché. Paphnuce déchira les vêtements qu'elle portait ; il enduisit le visage de la pécheresse de boue ; il couvrit ses seins si charmants de cendres. Il la conduisit dans un monastère de vierges et l'enferma dans une cellule dont il fit boucher l'entrée avec du plomb. Il lui dit que telle était la pénitence qu'il lui ordonnait : elle serait ensevelie dans son ordure et ainsi cette nouvelle chambre serait-elle plus propre que la salle où autrefois elle avait l'audace d'introduire dans sa vulve les pénis des jeunes gens. Il laissa seulement une petite fenêtre qui avait la taille d'une main par où les sœurs devaient lui passer tous les jours du pain et une tasse d'eau.

Comme il allait partir, Paphnuce entendit une petite voix qui murmurait derrière le plomb :

– De quelle manière dois-je prier, Paphnuce ?

– Votre bouche est trop impure pour prononcer le nom de Dieu ! répondit Paphnuce. Comme chaque jour l'envie vous en démangera davantage, alors vous appliquerez avec plus de force votre main sur votre bouche pour ne pas prononcer le nom qui vous est interdit. Et telle sera votre prière que vous en mourrez étouffée.

Mais Dieu ne le consentit pas avant longtemps. Et Thaïs demeura quarante ans dans son ordure à contenir son cri. Alors Paphnuce mourut le jour où elle cria. »

CHAPITRE XXVII

Les murs de la chambre, à partir d'octobre, suintaient l'humidité. A partir d'avril, ils s'asséchaient mais de façon progressive. Même en août, la grande chambre, sous la ramure des arbres, était fraîche et le Père Guimerà dormait avec un drap de dessus. Il était triste. Le Père Guimerà avait si bien mis dans la tête de Rina Jonques qu'ils péchaient, qu'elle priait alors pour lui à en perdre le sommeil.

Elle sentit avec sa main ses fesses qui frémissaient. Elle sentit dans son ventre la secousse qui l'inonda doucement et elle-même frémit. Elle regretta pourtant qu'elle n'eût pas été plus lente à venir, non pas parce que son plaisir eût été plus grand, mais pour qu'ils fussent plus longtemps confondus l'un et l'autre. Elle songea qu'il allait la renvoyer quand elle sentit la main du Père qui caressait sa joue et sa voix qui grondait doucement dans son aisselle, où il avait plongé sa barbe au moment où il avait gémi. Il disait :

« Me pardonnez-vous d'avoir gâté votre vie en vous aimant ?

– Je n'ai rien à pardonner. Je suis heureuse.

– J'ai entravé ce qui est la nature. Vous n'avez pas édifié de famille et vous n'avez pas conçu d'enfants. »

Elle caressa lentement le dos du Père Guimerà avec ses deux mains. Pour mieux sentir les gestes qu'elle faisait, il lui semblait qu'il fallait qu'elle ferme les yeux.

« Je vous aime, chuchota-t-elle. Je ne voulais ni famille ni enfants. Je vous voulais *vous,* mon Père. »

Il se tut. Il frissonna par l'effet involontaire d'une dernière secousse due au plaisir. Il bougea la tête. Il murmura, le nez dans la chaleur de son sein :

« Ne dites pas : mon Père. »

Il parvint à prendre une des mains qui caressaient son dos. Il la ramena près de sa barbe blanche. Elle glissa ses doigts entre ses doigts. Il dit timidement :

« Mon prénom est Ferran. »

Elle serra ses doigts et sentit les larmes qui coulaient sans qu'elle voulût sur sa joue.

« Quel est votre vrai prénom à vous, ma fille ?

— Catarina.

— Vraiment ?

— Vraiment. »

Et elle poussa un petit gémissement.

Il remit la tête dans le creux de son aisselle, le nez dans la touffe noire de ses poils. Il dit tout bas :

« Catarina, appelez-moi parfois Ferran quand il vous arrivera de penser à moi.

— Oui, répondit-elle tout bas. Je crois qu'il m'arrive assez souvent de penser à vous. Et vous, mon Père, vous arrive-t-il de penser à moi ?

— Oui. »

Il prononça ce « Oui » tout bas et à cet instant, pour la première fois de sa vie, elle eut l'audace de prendre la tête du Père dans ses mains et de caresser ses cheveux gris comme on fait aux enfants. Elle embrassa ses lèvres. Elle disait :

« Oh ! Mon Père ! Oh ! Ferran ! »

CHAPITRE XXVIII

Pour le dimanche de Pâques 1722, Catarina avait fait des revers de manches à sa robe. Puis elle les ôta, trouvant ces broderies trop somptueuses pour elle, vaniteuses quant aux autres servantes, mais surtout parce qu'elle était incertaine que des revers de manches fussent dans le goût du Père.

Durant l'été 1722 le Père Ferran Guimerà demanda à Catarina Jonques qu'elle défît ses tresses quand elle se dénudait pour lui dans l'ombre. Elle les défit. Elle ressentait de l'impudeur à être sans ses nattes, en cheveux, si sombre que fût la chambre. Elle défaisait ses tresses dans la nuit, après avoir soufflé la lampe. Elle ôta aussi les fronces de sa robe bleue à la taille, afin que la jupe gagnât deux à trois centimètres et qu'elle dissimulât ses socques qu'elle trouvait affreuses.

Il n'y eut plus de fois où il la fit venir pour entendre sa musique.

Pour entendre sa musique, Catarina attendait le dimanche durant la grand-messe. C'était le seul moment où elle pouvait le voir longtemps face à face sans qu'elle eût à se dissimuler. Elle ne cherchait plus à attirer ses yeux par l'intensité de son propre regard désormais, mais elle le dévorait des yeux, la tête invisible sous son châle. Elle mordait sur la messe suivante et aux cuisines on la réprimandait. Un jour qu'elle était restée à le voir durant toute la seconde messe, elle mentit. Catarina dit qu'elle était allée à la cathédrale du Rivage, mais Carme haussa les épaules et Jeronima pouffa : on savait bien qu'elle allait à la Església dels Sants Just i Pastor puisqu'on l'y voyait. On savait bien qui elle contemplait durant des heures puisqu'elle le contemplait dans la cuisine ou dans la cour quelque effort qu'elle fît pour dérober ses regards. Rina pleura alors. Elle pleura non parce qu'elle avait menti mais parce qu'on l'avait devinée. Elle eut le désir impérieux d'aller vite dire dans l'après-midi son mensonge en confession tant sa trahison lui pesait. Elle alla se confesser parce qu'elle ne pouvait pas attendre plus longtemps pour se libérer de son angoisse. Mais elle ne dit rien du Père. Elle ne disait rien du Père, même à Dieu.

Au terme de quatre mois de tergiversations et d'inquiétudes, elle décida enfin de remonter durant la journée ses cheveux sous sa coiffe en les ramenant en couronne sous forme de petites nattes. Il ne le remarqua pas.

CHAPITRE XXIX

Un matin de juin, dans la cuisine, le Père Guimerà s'amusa à offrir à Ibrahîm du vin.

On était à la veille de la Fête-Dieu. Le petit valet d'écurie qui avait treize ans dit :

« Dieu me garde d'y toucher ! »

Le Père demanda s'il n'était pas un peu mahométan et s'il ne conviendrait pas qu'il bût un verre dans sa compagnie pour attester qu'il n'en était rien. Le visage d'Ibrahîm pâlit tout à coup. Il hocha la tête en maugréant et s'assit sur le banc à côté du Père.

Le visage de Catarina avait une expression contrariée mais elle leur servit à boire. Ibrahîm hésita encore avant de saisir son verre.

« Par la voix d'un de ses prophètes, Dieu n'a-t-il pas maudit ceux qui faisaient du vin, ceux qui le vendaient, ceux qui l'achetaient, ceux qui le buvaient ?

— Je n'ai rien lu dans le Nouveau Testament qui ressemble à ce que tu dis, rétorqua le Père Ferran Guimerà en portant le verre à ses lèvres. Par deux fois Dieu a changé l'eau en vin et il a même souhaité avant de mourir que son sang prenne son apparence. Le vin de Montserrat ne te paraît-il pas frais ? Est-il mauvais ? »

Ibrahîm hésita encore, approcha le verre de ses lèvres et fit mine de boire une goutte.

« Es-tu impie ? » demanda le Père.

Ibrahîm avala une gorgée. Le Père Ferran Guimerà parvint à soûler Ibrahîm, comme s'il était difficile de soûler un enfant qui n'avait jamais bu. Catarina répugna à les resservir mais le Père l'ordonna. Ce jour-là, le Père Guimerà but tellement qu'il désira aller à la mer. C'est ce jour-là qu'il se refroidit.

Il souleva sa soutane et avança ses deux sandales dans la mer et s'avança jusqu'à avoir de l'eau aux genoux. Il but deux timbales pleines d'eau de mer. Quand il revint, sa tête était toute rouge. Ce jour-là, le soleil était brûlant. Le Père avait suivi le cimetière de Santa Maria del Mar. Sur les ramblas, les pâtés de viande disposés sur les éventaires sentaient si fort que leur odeur suffisait à soulever le cœur. Les mendiants dormaient, allongés sur les poutrelles de fer posées sur des chaises, le long des palmiers.

Ou bien il fut saisi par un refroidissement. Ou bien il fut piqué aussi par un poulpe ou une méduse tandis qu'il se tenait penché sur la mer, tenant sa soutane dans la main, buvant sa timbale pleine. Les deux versions eurent cours chez les servantes aussi bien que dans le salon de Don Oller et de la Señora Doña Ester, encore qu'elles pussent se redoubler. Catarina Jonques savait bien que c'était la seconde qui était réelle, non pas parce qu'elle était plus difficilement avouable, mais parce qu'elle avait soigné la jambe du Père. Sa jambe enfla.

Catarina s'étonna qu'il devînt si peureux à la veille de mourir mais elle avait appris combien les hommes manquaient d'intrépidité devant la souffrance.

Il respirait mal. Il était étendu sur le lit.

Elle décolla de son dos la chemise sans col qui était trempée.

« Je meurs, je meurs, lui disait-il. Le seul royaume est le royaume de celui qui ne meurt jamais. Je n'approcherai pas son visage. Mon dieu est un dieu de colère. Il foudroie. J'ai succombé au désir. J'ai chanté. La lumière qui entoure sa face aveugle. Aucun mortel même mort n'approche l'immortel. Oublie Ferran comme Dieu l'a oublié. Crains-le toutefois plus que je ne l'ai craint. Crains sa lumière : elle est le contraire de la lueur que met dans les yeux le désir. Elle est la paix. Ne sois pas punie pour l'éternité. Le temps qui te reste à vivre peut racheter ta faute comme il doit effacer notre amour.

– Je ne crains pas la lumière de Dieu, répondit Catarina Jonques. Même, je n'aime pas la lumière. Je n'aime même pas la lueur que tu dis.

– Ne diffame pas la lumière : tu diffamerais Dieu. Tu devrais connaître la honte comme je la connais. Le Paradis est sa lumière. N'aime plus après moi et repens-toi.

– Je n'ai jamais une heure de ma vie éprouvé le sentiment du repentir pour t'avoir aimé. Il n'y a rien à effacer. Je n'ai jamais non plus ressenti le sentiment de la honte après m'être donnée à toi. Je t'aimerai plus que l'immortel. Je t'aimerai toujours.

– Tu dis des sottises. Repens-toi. Ou je ne suis pas sûr que Dieu voudra de toi.

– Alors je ne suis pas sûre que je voudrai de Dieu.

– On ne peut pas préférer la nuit éternelle à la splendeur dans laquelle Dieu illumine les hommes justes.

– Je préférerai l'ombre où tu seras. »

Il ne mourut pas pourtant aussitôt. Mais l'état de la jambe du Père Guimerà empira. Il boitait. La procession du Précieux Sang fut la dernière procession que put mener le Père Guimerà dans les rues de la cité. Catarina s'y rendit : ce fut même Carme qui lui proposa d'aller la suivre sans que Catarina le lui eût demandé. Il marchait lentement, en boitillant, en avant des enfants. Il avait mal à son dos. Son visage était émacié et creusé, si pâle, la barbe blanche vivement éclairée par les rayons impitoyables du soleil. Son grand nez luisait comme un morceau d'ivoire.

Catarina fut de nouveau transportée par l'émotion du chant. Le chant qui montait de la bouche des enfants et des hommes était d'une ampleur lente, éclatante, illimitée. L'homme qu'elle aimait plus que Dieu était beau lui aussi, en dépit de sa maigreur et de son regard dissimulé, tourné en dedans, et malgré la disgrâce de sa démarche.

Elle n'aimait pas non plus sa barbe. Elle ferma les yeux.

Les marchands de limon, d'oublies et de pastilles de bouche se mirent à piailler soudain autour d'elle.

Tout au bout de la rue, il tourna, les enfants le suivirent, les hommes le suivirent. Les chants s'éteignirent soudain. Elle plongea sa tête dans ses deux mains et l'émotion était si forte qu'elle pleura bruyamment et sentit que ceux qui l'entouraient s'éloignaient d'elle dans la crainte de se trouver en compagnie d'une femme absurde ou pis : peut-être ivre. Ou pis : peut-être folle. Ou pis encore : peut-être triste.

CHAPITRE XXX

Il lui demanda de l'accompagner pour sa dernière promenade. Catarina le regarda en souriant et dit :

« Ce sera la première promenade.

— Ce sera la dernière promenade parce que je ne ressortirai plus », dit-il.

Alors les épaules de Catarina Jonques frissonnèrent. Mais la tristesse n'entama pas le bonheur qu'elle éprouva à se tenir auprès de lui devant tous et à marcher du même pas que lui, encore qu'il marchât lentement, sa jambe enflée le faisant souffrir. Passé la porte de la ville, elle noua ses doigts à ses doigts.

Le Père Ferran Guimerà ne retira pas sa main.

Catarina Jonques portait une grande robe bleue, une coiffe blanche empesée qui encadrait son visage, un tablier empesé sur lequel elle tenait sa main droite. Elle était beaucoup plus grande que lui. Ils franchirent l'égout puant sur la passerelle de fer, à côté de la cerveria. Ferran retira soudain sa main en parlant. Ils marchaient le long de la route. Il y avait peu de monde, quelques charrettes que des ânes tiraient. Les cavaliers étaient seuls à soulever les grandes masses de poussière rouge qui les enveloppaient au loin. Catarina Jonques regardait le paysage avec émerveillement, quoiqu'il ne présentât rien de remarquable et qu'il ne se distinguât en aucune façon de la campagne qu'elle avait connue enfant. Elle marchait dans son enfance, dont elle n'avait pas gardé un si merveilleux souvenir qu'elle ressentît l'envie de le restaurer. Elle s'efforça d'écarquiller les yeux comme font les petits pour mieux voir. A la vérité, son bonheur ne venait pas de ce qu'elle voyait, ni de l'odeur de fenouil et de pêches qui embaumaient ; il ne résultait pas de la quasi-réclusion où elle avait été tenue, depuis l'âge de seize ans, au service de la Señora Doña Ester ; il tenait au fait de vivre tout cela aux côtés du Père, d'être bercée par sa parole grave et bavarde, de partager sa promenade.

Tout à coup le Père Ferran la précéda ; il marchait en traînant la patte et en soufflant ; il avait emprunté un chemin rouge qui serpentait dans la colline. Ses cheveux de derrière étaient devenus tout blancs. Des vaches et des bœufs paissaient, allongés sur la terre rouge. Ils passèrent un faubourg où les enfants criaient en lançant les uns sur les autres des œufs couvis. D'autres pêchaient autour d'une grande mare avec beaucoup de sérieux. A considérer leurs haillons sans couleurs, ils étaient pauvres. A considérer leurs cris de joie quand ils tiraient du bord de l'eau une grenouille, ils n'étaient pas aussi plaintifs que des hommes.

Puis ils gravirent une butte où le chemin se tortillait. En redescendant, ils tombèrent sur une chênaie. Ils pénétrèrent dans le sous-bois et Catarina retrouva alors un mélange d'odeurs qui la fit arrêter sa marche.

Le Père se retourna vers elle et lui dit en grondant qu'il fallait presser le pas s'ils voulaient être revenus avant la nuit. Elle pensa qu'il n'y avait rien d'effrayant à rentrer dans la nuit. Ils traversèrent le bois et débouchèrent dans un hameau. Ferran lui montra la chapelle toute blanche dont le toit était couvert de soleil. Des enfants surgirent à ses pieds et il les repoussa ; il sortit de la poche de sa soutane une clé et ouvrit la porte vermillon de la chapelle. Il ouvrit la grille du chœur dans l'ombre et s'agenouilla avec difficulté sur la marche de l'autel et pria longuement.

Catarina demeura au soleil, adossée au petit porche en pierre de la chapelle.

Le Père se remit debout en s'aidant des mains et lui commanda à haute voix d'entrer et de refermer la porte sur elle.

Il s'assit devant un orgue portatif en bois, aux touches en buis jaune, et joua.

Tout d'abord, il leva ses yeux avec anxiété vers elle. Il la vit, les yeux mi-clos, qui ne le regardait pas, qui regardait loin derrière lui dans le vague. C'étaient les deux yeux de feu tout ronds, passionnés, d'une chouette hulotte épiant dans l'obscurité une ombre vivante.

Il chanta. Elle l'écouta debout, les yeux perdus dans le lointain.

Soudain elle se mit à genoux, posa les mains sur le prie-Dieu et y enfouit son visage. Tout son dos frémissait et elle ne pouvait contenir ce hérissement de sa peau et les petits mouvements que ses bras faisaient.

La voix sourde du Père avait grandi dans la petite nef. Il chantait le psaume XXX :

« Malheureux les amants !

Le désir les consume.

Nous implorons votre pitié et votre secours, Seigneur.

Ne riez pas de notre malheur.

Nous sommes le besoin d'un corps ;

Nous sommes voués à l'attrait de la nudité et au désir ;

Nous sommes voués au dégoût ;

Brûlez-nous justement dans les flammes de l'enfer mais plaignez notre misère.

Nous avons choisi ce qui était le plus bas.

Nous avons choisi les fesses ; et les parties de la génération nous

Enchantent. Il faut à la vie que vous avez donnée au monde une aire sans réflexion,

Une obscurité et un silence

Par lesquels la vie se touche à l'insu de l'homme mais non de son corps.

Ainsi ne pouvons-nous vous louer, Seigneur, qu'en nous étreignant dans l'ombre de la charpente. »

Quand ils sortirent de la chapelle, le soleil devant eux était rouge. Elle l'accompagna dans chaque maison. Ce n'étaient qu'à peine des maisons ; c'étaient des cabanes de planches qui n'avaient jamais été couvertes de peinture. Il parlait à chacun dans le crépuscule. Il donnait des soins parfois. Tous l'aimaient visiblement et elle était fière qu'il en fût ainsi. Une femme offrit du lait à boire à Catarina, qu'elle refusa en rougissant. Elle n'était nullement jalouse de ce monde à lui dont elle n'avait rien su jusque-là. Le cœur lui pinça seulement quand elle l'entendit chanter un cantique de Pâques à l'adresse d'une vieille femme couchée sur la paille qui voulait entendre ce chant de résurrection avant de disparaître. Après que la vieille femme eut dit au Père qu'il lui semblait que l'instant était tout proche, il lui répondit qu'il ne serait pas lent non plus à la rejoindre dans le sein de Dieu.

Il tenait ses yeux fermés, ses mains nouées sur le ventre, la tête rejetée en arrière. Elle voyait le profil de son nez qui brillait. De façon surprenante, dans l'ombre que faisait sa barbe blanche en pointe, le profil anguleux de sa pomme d'Adam se détachait sur une planche noire.

Elle songea qu'elle aurait aimé qu'il chantât encore pour elle seule, dans la chambre, de temps en temps. Mais ce que le Père chantait était si beau et si simple que sa pensée s'effaça. Ils passèrent par la Porte de l'Evêque, contournèrent la cathédrale. Ils longèrent le Carrer des cordonniers. Ils revinrent par les arcades.

Il la laissa devant la porte de la cuisine. Il lui prit les mains. Il lui dit : « Ma fille, la grâce, la bénédiction, le pardon et la paix de Notre Seigneur vous soient donnés à jamais » et il se dirigea en boitant vers le salon de Don Oller.

CHAPITRE XXXI

La cuisinière dut relever ses robes ; elle soufflait ; elle commença à se hisser sur les barreaux de l'échelle ; elle dut lâcher ses robes pour s'agripper des deux mains aux montants ; elle arriva avec embarras aux soupentes. Jamais Carme n'était venue jusqu'ici. C'était une suite de cellules sans porte, comme les stalles où dorment les chevaux ou celles qu'occupent les taureaux avant qu'on les lâche. Carme regarda de cellule en cellule, trouva enfin la soupente de Rina. Elle la trouva agenouillée près de son lit, une châtaigne devant elle sur le drap, en train de dormir, le nez sur un livre bleu ouvert, elle qui ne savait pas lire. Carme toucha son épaule.

Rina ne sursauta pas comme Carme le redoutait. La cuisinière lui dit en ouvrant les deux bras :

« Le Père... »

Mais Rina ne lui laissa pas le temps de finir. Elle s'était levée en hurlant et en se bouchant des deux mains les oreilles. Elle partit comme une flèche.

La cuisinière et les servantes la retrouvèrent en chemise dans la cour, silencieuse, refusant qu'elles s'approchassent d'elle. Comme Jeronima et Nùria tentaient de venir auprès d'elle et de la prendre dans leurs bras, toujours les deux mains sur les oreilles, elle bougonnait qu'ils cessassent de la harceler, qu'ils voulussent bien arrêter de parler et de la tourmenter en parlant, et qu'ils la laissassent tranquille. Elle hurlait de façon intempestive et brève. On craignit que sa douleur ne fût cause de scandale.

Don Oller ordonna à Ibrahîm de prendre un cheval et d'aller chercher le frère de Rina Jonques à la ferme qu'il cultivait près de Sant Esteve de Palautordera. Carme et Jeronima firent un baluchon de ses trésors. Elles se joignirent à Senen Jonques et accompagnèrent Rina en voiture à Sant Esteve ; enfin les deux femmes, la nuit tombée, revinrent avec la voiture à Barcelone. Son frère avait des yeux aussi sombres et ronds que les siens, plus petits, et d'épais cheveux noirs embroussaillés sur la tête. Catarina Jonques persista, à la ferme de Senen, durant quatre mois, à se taire, à se recroqueviller dans l'étable, les cheveux dénoués, sans se laver, le menton dans ses genoux. Elle revint chez Doña Ester au début de l'hiver.

Elle parut calme. Elle était plus mince qu'elle avait été. Elle était plus belle aussi peut-être, et pas moins active. Elle portait une grande robe noire qui tombait jusqu'à ses pieds. Elle avait vingt-huit ans tout juste mais paraissait plus jeune qu'autrefois ; elle ne parlait pas davantage mais écoutait avec attention ceux qui se confiaient à elle et leur donnait de bons conseils. Elle tenait ses cheveux noués en natte sous sa coiffe.

Le Père Ferran Guimerà mourut en 1722, à Barcelone. Il laissa après lui un recueil de chants qui avaient été gravés et dont les deux cents exemplaires furent détruits parce qu'ils ne trouvèrent pas d'acquéreur. Le musicien fut mis en terre à vingt pas de la Església dels Sants Just i Pastor dans le clos des capucins qui leur faisait office de potager, près de la chapelle. Catarina Jonques n'assista pas à son enterrement. Elle ne lava pas le corps du Père. Carme et Jeronima furent celles qui firent glisser sa soutane et ôtèrent ses vêtements intimes et qui connurent sa misère. Elles passèrent sur son corps une éponge imbibée de parfum et lui enfilèrent un caleçon et des vêtements repassés. Don Oller et Ibrahîm furent ceux qui le placèrent dans le cercueil. Pla le cloua. Don Oller, ses deux fils et un chantre le portèrent sur leurs épaules jusqu'au clos des capucins. Ils prièrent peu de temps parce qu'il faisait ce jour-là extrêmement chaud. A la Església dels Sants Just i Pastor fut chantée une messe que le Père Ferran Guimerà avait composée autrefois pour le Conseiller Padellas à la demande de Don Oller. Peu nombreux furent ceux qui assistèrent à son enterrement et Catarina Jonques ne fut pas de ce nombre. Le soleil fut présent, tombant à plomb sur le cortège.

CHAPITRE XXXII

Il y a des choses dans le monde qui, dès qu'elles deviennent visibles et que nous tombons nez à nez devant elles par hasard, font expirer aussitôt une part de nous-mêmes.

Les parties vouées à la génération des femmes et des hommes jadis n'étaient pas visibles sans danger. Elles pétrifiaient. Ou leur vision métamorphosait en bêtes. Ou elles tuaient.

L'homme qui se tenait contre le flanc de Catarina Jonques dormait. Il avait des mains bleues. Il était complètement nu. C'était Jacint, le teinturier. Cela faisait cinq ans que le Père était mort et c'était la première fois de sa vie que Catarina

Jonques observait les parties génitales d'un homme.

Il avait exigé qu'une lampe brûlât.

Le teinturier était endormi sur le dos, le torse et le ventre très velus et les jambes ouvertes. Une des cuisses très courtes et épaisses reposait à plat sur le drap et laissait pendre les deux sacs et le bout du prépuce humide et fripé. Les sacs se rétractaient par instants comme s'ils avaient froid, puis se détendaient à nouveau. Au fur et à mesure que l'homme endormi respirait, la queue se balançait légèrement. La peau était marron et grise.

C'était une bête indépendante. C'étaient deux bêtes : le sexe et l'homme lourd qui le portait.

Catarina les examina. Etonnée de se retrouver là, elle-même nue, auprès de la lampe à huile qui fumait, posée sur le tabouret, elle éprouvait une sensation d'émerveillement, pour avoir consenti à l'amour, et d'erreur, pour se retrouver auprès de Jacint qui avait voulu dormir dans la lumière.

Toute la peau qui enveloppait la queue de l'homme soudain tressaillit. Elle se retroussa. Elle dénuda le gland. Le teinturier s'éveilla, porta la main à son sexe dont il tira brusquement la peau pour qu'elle revêtît le gland puis saisit la lampe à huile sur la chaise de paille et éclaira son sexe.

Catarina Jonques regarda la main bleue sur le ventre de Jacint. Elle regarda les cils de l'homme et les poils noirs qui débordaient de son nez. Elle repoussa la main de Jacint. Il ne l'entendit pas ainsi. Il prit sa main et la mit sur sa queue. Il tira son corps vers lui.

Catarina lui résista. Elle regarda les muscles saillir sur son bras, puis les veines à son poignet. Elle aperçut la veine du sexe qui grossissait elle-même, les sacs qui s'arrondissaient, le gland qui se levait vers elle.

Elle s'immobilisa, se leva, le repoussa encore, s'habilla. Le teinturier s'était mis debout. Il avait l'air gêné. Il bandait. Il lui offrit un éventail blanc qu'il sortit d'un tiroir de la commode. Elle partit. Elle ne le revit pas.

Elle ne toucha plus jamais un homme.

Cette seule fois, après le Père Guimerà, elle se donna à Jacint. Et si elle ne put pas se donner deux fois à lui, ce ne fut pas parce qu'il ne lui avait pas donné de plaisir. Même, il lui avait procuré une jouissance qu'elle n'avait jamais connue aussi rapide et aussi intense avec le Père Guimerà. Mais Jacint avait ordonné cette lueur qu'il promenait autour de ses seins et qu'il posait sur un tabouret quand il n'en avait plus le caprice.

Elle pensa au Père Ferran mort. Jamais elle n'aurait osé lever le drap pour voir cette chose qui avançait au centre de son corps, qui devait ressembler plus ou moins à celle de Jacint, et dont elle avait conservé un souvenir si contraire à la crudité de ce qu'elle venait d'observer sur le corps du teinturier.

Dieu disait que l'homme ne saurait à la fois voir et vivre.

Tout d'abord elle avait troussé sa robe devant lui les yeux fermés.

Il lui fallait fermer les yeux pour ressentir encore ce qui lui avait été donné de ne pas voir du Père, alors qu'elle ne pouvait plus rappeler à son souvenir le plaisir qu'elle avait pris avec Jacint.

Cela faisait cinq ans que le Père Ferran Guimerà était mort quand elle avait eu soudain cet accès de désir subit, un jour qu'elle se rendait chez la mercière pour acheter des passements et des boutons. Dans la ruelle elle avait salué le teinturier.

Jacint s'était aussitôt approché d'elle pour lui tendre la main en signe d'affection, alors qu'elle y répugnait. Elle n'aimait pas saisir ses mains teintées de bleu indigo jusque sur les avant-bras, comme des gants étranges et durs.

Il lui donna le bonjour, dit qu'il était présentement à l'épicerie en train de boire et lui demanda si elle ne viendrait pas boire un verre de citronnade avec lui chez Josep.

Elle fit une moue des lèvres mais, devant la mine déçue de Jacint, elle accepta. Elle pénétra dans l'épicerie, enfonça ses pieds nus dans la sciure disposée sur le sol et sentit le carrelage frais sous la plante de ses pieds. Josep posa le fromage sur le comptoir, fabriqua un sachet brun en forme d'entonnoir, le plaça debout sur le plateau en cuivre de la balance et versa le sucre lentement pour une petite demoiselle qui lui en demandait une livre.

Catarina but. Elle le désira soudain.

Le teinturier était assis sur le tonneau devant elle et lui parlait en faisant beaucoup de gestes. Il était petit. Seuls les bouts de ses pieds touchaient le carrelage. Entre ses deux mains teintées de bleu indigo, quand il les posa sur ses genoux, elle vit le bourrelet que faisaient les pantalons à son entre-jambe.

Ç'avait été dans un coin de l'épicerie, silencieuse et repliée sur elle-même, que Jacint l'avait pelotée. Il avait les mains si brusques en amour qu'elle en avait pleuré mais elle le désirait impatiemment.

Comme aucun homme ne se soustrait à la possibilité de devenir un mort, qui se soustrait à l'angoisse de ce qui n'est pas visible ? Pourtant Catarina Jonques avait aimé cette angoisse. Elle y était allée les yeux fermés. C'était chez lui. Pendant qu'il refermait la porte, elle avait rabattu les volets. Jacint désira rouvrir les volets mais elle refusa en haussant la voix. Il eut la mine contrariée. Il alluma une lampe à huile qu'il posa sur la chaise de paille près de la couche. Il ne se dévêtit pas, il lui demanda de trousser sa robe et il la prit avec ses mains bleues et brusques.

Quand il fut tout à fait excité, il ôta ses vêtements en lui demandant si elle le trouvait beau. Il tirait ses paupières avec ses mains pour qu'elle les tînt ouvertes et qu'elle le contemplât.

Elle sut alors que la réciprocité nocturne des corps est plus infinie que celle qui se joue entre les regards de la femme et de l'homme même à l'instant où ils s'éprennent sans le savoir l'un de l'autre.

Elle pensa que les hommes n'étaient tolérables qu'invisibles. Elle aima que le Père eût préféré l'aimer dans l'obscurité. Ce n'était pas la honte qui l'avait animé peut-être et elle n'avait jamais conçu, aux mouvements et aux effleurements de ses mains, qu'il eût éprouvé du mépris pour son corps : c'était pour être heureux. Il y avait de la noblesse à ne plus être soi et à rejoindre une nuit plus ancienne que la vie. Il y avait de l'honneur à s'abandonner à la nuit où la vie se prépare, de la même façon qu'elle s'y résorbe au terme des jours.

Elle se souvint de la main osseuse et moite du Père Ferran Guimerà sur sa peau.

Il aimait les filets de plie.

Le nez dans la toile du traversin, elle l'écoutait respirer bruyamment dans son sommeil.

Ce n'était qu'au moment où elle était entre les bras du Père Ferran et qu'elle fermait complètement les yeux qu'elle sentait quelque chose de l'autre monde l'envelopper et presque la présence de Dieu survenir.

Dans l'obscurité, les femmes et les hommes déposaient leurs poses entre les mains de l'Invisible. Dans la lumière, les femmes et les hommes n'étaient plus que beaux, querelleurs, raides, fascinants, distincts, brutaux, fermés, sexués, insensibles et cruels à force de regards et à proportion de bleu indigo.

La part la plus fière des humains n'est pas la plus humaine. Elle n'est ni l'esprit, ni l'intelligence qu'il déploie, ni les sciences qu'il permet, ni les techniques qui en résultent, ni le langage où les hommes segmentent l'immense masse indivise et disloquent, hiérarchisent, corrompent le monde et assujettissent leurs semblables. Elle est la part d'ombre ; elle est le flanc obscur que dresse la vague ample, impersonnelle, imprécise, continue qui fut à leur source et à laquelle ils appartiennent comme le poisson ne se dissocie pas de la mer, comme l'oiseau appartient à l'air, comme la feuille sourd de l'arbre. Elle est la part que maudit la lumière. La part moins perverse que ce que les yeux voient et qu'ils font reculer dans l'espace ou bien qu'ils mettent à distance sous la forme d'une proie. L'ombre de la vie que les consciences fuient en cherchant à la rendre distincte, c'est-à-dire visible, c'est-à-dire dicible, c'est-à-dire personnelle, c'est-à-dire argumentable, c'est-à-dire symbolique, c'est-à-dire vénale.

Tandis que Catarina acceptait l'éventail de coton des mains de Jacint, tandis que la voix de ce dernier s'embarrassait et que, la queue toujours dodue et tendue vers elle, il lui demandait en quoi il lui avait déplu puisqu'il l'avait sentie jouir sous ses coups, elle lui répondit qu'il était un homme fait de lumière et que de cette façon cette histoire avait trouvé immédiatement sa fin. Et elle lui tourna le dos. Le teinturier ne laissa pas d'insinuer quand il le put dans tout le quartier que le cerveau de la servante de Doña Ester possédait un certain degré de bizarrerie et qu'il l'avait surprise à prononcer des phrases qu'on ne comprenait pas toujours.

CHAPITRE XXXIII

Il ne peut y avoir d'innocence dans un monde où un homme vit. La concupiscence est le plus sûr chemin vers la solitude. Assise sur son lit, les jambes pendantes, toutes blanches, elle restait absorbée dans deux souvenirs : celui du sexe d'un homme aux mains bleues et celui d'un homme dont elle n'avait rien vu. Il y avait plus de fureur dans cette douceur nocturne. Elle regrettait ce corps invisible. Souvent sa pensée était très triste : elle s'accusait de ne pas avoir sacrifié davantage son amour afin que sa mort lui eût été plus quiète et plus heureuse. Ou elle se faisait le reproche de ne pas lui avoir donné plus de jouissance et d'avoir manqué à être active et aussi généreuse qu'elle l'avait vu faire au teinturier. Ou elle incriminait sa paresse et se blâmait de ne pas lui avoir fait suffisamment de cuisine, de saucisses, de torrons, de sucreries, de gâteaux de pignons, redoutant qu'il n'eût peut-être pas su combien elle l'avait aimé.

Elle ne se rendit jamais sur sa tombe. Elle ne se renseigna pas auprès de Carme, ni de Nùria, ni de Jeronima pour savoir où celle-ci se trouvait. Ce fut Ibrahîm qui lui dit un jour qu'elle était située dans le couvent des capucins et qu'il l'avait nettoyée, qu'il l'avait même fleurie, bien que le Père fût un homme sec et méchant. Mais, tandis que le jeune palefrenier parlait, elle ne l'écoutait pas.

Catarina Jonques allait tous les jours non seulement à la messe dans la Església dels Sants Just i Pastor mais encore aux offices. Elle était à l'aise dans la lumière glauque des vitraux et mêlée au murmure, aux crissements des prie-Dieu, aux froissements des vêtements des femmes dans leurs capotes. Elle s'émouvait quand s'élevaient les chants dans le puits d'humidité de l'église. Sur sa droite un ancien tableau aux couleurs rouges représentait l'adoration de l'agneau pascal. Il ornait le mur nord, derrière le pilier. Les apôtres, les papes, les prophètes et les patriarches de l'Ancien Testament se tenaient à genoux. Tous avaient les mains jointes. Tous faisaient un grand demi-cercle qui entourait l'agneau blessé dont le sang coulait éternellement dans le calice d'or. Au-dessus de l'agneau les cieux s'entrouvraient comme les lèvres d'une bouche et laissaient passer Dieu. Dieu, lui aussi, priait, l'air grave, avec la longue barbe blanche qui retombait sur sa poitrine, la main droite levée, bénissant le jet de sang éternel qui s'épanchait du flanc de la victime. Un jour cette image la dégoûta.

Elle cessa d'aller à la Església dels Sants Just i Pastor. Elle se prit de détestation à l'encontre de la cathédrale du Rivage parce qu'elle la jugeait trop lumineuse. Elle essaya pendant un temps la Egglesia de Sant Filip Neri. Elle jeta pour finir son dévolu sur la chapelle de Santa Llucia, patronne des couturières et des aveugles. Elle aimait l'unique rayon de lumière descendant à l'oblique et qui créait une atmosphère éternellement obscure.

Le culot rouge de la lampe du sanctuaire était presque la seule couleur, et presque la seule lumière. Et, s'il n'y avait pas eu les gerbes de fleurs sur l'autel et les cierges des vœux des fidèles, il n'y aurait eu que cette tache de sang dans l'ombre devant laquelle elle eût prié. L'église était si peu fréquentée et si sombre que la mèche allumée dans l'huile sainte qui pendait au bout des chaînes d'argent à croisillons paraissait plus éblouissante que la lune dans la nuit.

Elle se souvenait que le Père disait : « L'église n'est pas une enceinte d'amour. C'est la cage de la victime que nos désirs sales ont suscitée. Le sacrifice de la messe met sous les yeux le corps de la victime du genre humain. La victime du genre humain, qui est Dieu lui-même, est exposée sur l'autel autour duquel nous répandons nos larmes et nous poussons nos cris. Nous représentons sa mort. Nous devons baisser les yeux dans la honte d'avoir tué la victime, et nous devons nous attrouper en la pleurant éternellement dans la musique. »

Puis elle cessa définitivement d'aller à l'église durant les services.

Ce fut un jour d'hiver, alors qu'elle était descendue à la mer lors de la fête des Confits. La rue était pleine de poussières que le vent soulevait. Au loin, elle voyait la mer et les baraques des estaminets. Une petite fille sautait à la corde. A chaque rebond sa robe noire se déployait et s'arrondissait comme une cloche. Un homme ramassait le crottin avec une pelle et allait le jeter dans une voiture à bras. On entendait les sirènes des péniches de mer qui sifflaient avant d'entrer dans le port.

La petite fille en train de sauter à la corde reçut sur le front un coup de la pelle à crottin. Elle tomba contre la roue de la voiture. Une femme pauvre, en cheveux, se précipita en criant, en appelant au secours, et les enfants se mirent à lui lancer des pierres. L'homme qui ramassait le crottin s'enfuit sous les jets des pierres en poussant sa voiture à bras. « Jueus ! Jueus ! » criaient des enfants en montrant la femme du doigt et en la poursuivant. La femme emprunta une autre ruelle. Catarina s'approcha de l'enfant blessée. Elle porta l'enfant dans l'ombre de la place, sur le trottoir, l'étendit par terre. Elle alla frapper à la jalousie d'une maison voisine où on lui consentit de l'eau. Elle demanda son nom à l'enfant. Elle s'appelait Judith. Judith but ou plutôt téta son eau dans le bol.

Quand la mère revint, le visage taché par une petite coupure et un bleu que les enfants lui avaient faits en lui lançant des cailloux, elle sourit en silence à Catarina et reprit son enfant. La mère le portait lentement, penchée en avant, les cheveux pendant devant ses yeux, comme le Père Ferran faisait quand il commençait à pincer dans le silence les rangs de cordes de son luth.

CHAPITRE XXXIV

Elle adopta le point de vue de la nuit. La nuit noire devint le terme de son rêve et ramenait chaque jour avec son obscurité quelque chose du prêtre qui jouait du luth du temps où elle travaillait dans l'hôtel de Don Oller. D'abord la nuit noire rappelait quelque chose de l'étreinte du Père. Puis ce fut le vestige de son amour. Puis ce fut l'autre monde.

Dans l'église, l'obscurité guettait.

L'obscurité de Dieu attendait une femme ou un homme pour en faire sa proie.

Dans la cuisine, dans les chambres, l'obscurité attendait près des lampes à huile, près des chandelles, près du fourneau, près de l'âtre, près des deux torches sur le mur, que la lumière s'efface pour ensevelir dans sa force et dans son unité immédiate la cuisine, les chaudrons, les louches suspendues à la poutre, le lit, le silence, le rêve, le sommeil.

La nuit était le mystère. C'était la source aussi, où la vie avait jailli, et la première demeure, où elle s'était développée. C'était le but enfin, où elle serait recelée sous le bois du cercueil et dans le mutisme de la terre.

Catarina Jonques s'était déprise peu à peu de la fraîcheur des églises, des odeurs de pierre humide, des parfums de chandelles éteintes et d'encens qui se mêlaient. Elle leur préférait la nuit.

Elle pensait : « La crainte des peines éternelles ne dispose pas l'âme à l'absolution. Le désir, la brièveté et l'horreur de ce que nous avons vécu n'ont jamais à être sauvés. Même l'impression d'horreur est une nostalgie. La méchanceté des hommes est le mal du pays. Les confessionnaux m'inspirent de la colère : ce ne sont pas des habitacles pour la foi. Ils sont disproportionnés à Dieu. Dieu erre parfois dans la cathédrale, dans le silence. Il séjourne dans la nuit. Il errait quelquefois sur les cordes d'un luth. Jamais dans ces boîtes de honte. »

Des années plus tard, un jour d'hiver, tandis qu'elle travaillait encore chez la Señora Doña Ester, Rina se tenait debout dans la chambre de cette dernière qui faisait ses menus. Elle s'était adossée au papier à motifs grenat qui tapissaient le mur. Devant elle, plus loin, des fougères de givre s'épanouissaient délicatement sur chaque carreau de la fenêtre du boudoir de Donya Ester qui donnait au nord. Elle pensa au Père Ferran allongé sur son lit.

Un autre jour, elle alla s'asseoir sur la jetée qui surplombait la mer. Elle pensa soudain à lui et à sa timbale et au poulpe. Elle regarda les vagues à ses pieds. Tout à coup elle fut prise de peur car elle songea qu'il l'avait peut-être vue avec Jacint et qu'il avait peut-être surpris du haut du ciel le geste que le teinturier avait fait avant qu'il plongeât son sexe dans le sien. Elle parvint à s'apaiser. Elle se rappela que le Père aussi avait peur si souvent. Il était tout autre quand il chantait. Elle le revoyait quand il chantait dans l'ombre, penchant la tête, et qu'il fermait enfin les yeux.

Le soir, quand elle ne trouvait pas le sommeil, il lui arrivait de descendre dans la cour, de tirer de l'eau à la fontaine dans un broc, de gagner la galerie et le couloir où se trouvait jadis la chambre du Père Ferran Guimerà, qui servait maintenant de chambre pour la gouvernante de la petite-fille de Doña Ester, qui était devenue orpheline. Elle s'arrêtait au début du couloir. Elle remplissait d'eau la plante qui était placée à l'angle.

Elle montait sans lampe désormais. Elle longeait l'écurie dans le noir. Elle entendait les bruits des chevaux qui soufflaient et qui frappaient de temps en temps leurs sabots sur la terre. Elle se déshabillait dans le noir, délaçait ses socques, faisait glisser ses bas de laine grise. Tout d'abord elle laissait ses vêtements en tas par terre, commençait par passer sa chemise de nuit tant la bise était cinglante ; accrochait à la poutre la robe et le tablier ; se glissait sous la couverture rêche, dans sa paille.

Parfois elle retrouvait le sommeil et les ténèbres.

Le matin, elle scrutait ces ténèbres. Quand c'était encore la nuit pleine, elle ne percevait que la bordure de la fenêtre et la frange du rideau de toile que le vent nocturne déplaçait.

Lorsque les contours des meubles et de sa robe suspendue se dessinaient, lorsque les bois de la charpente pâlissaient, elle se levait, s'habillait et descendait à la fontaine se laver et se frotter le visage, puis elle se rendait aux cuisines.

Elle se mit à la pâtisserie de façon si habile que la Señora Doña Ester lui donna le rôle de pâtissière aux côtés de Carme. Elle n'avait plus à assurer le service des chambres mais elle conserva sa soupente. Le reste du temps, elle élevait les petits-enfants des maîtres. Elle retroussait ses manches, au bout desquelles elle avait définitivement cousu des manchettes en broderie. Elle comptait les œufs. Elle pesait la farine, versait l'alcool doucement dans la pâte.

Il n'y eut plus de torrons à la Saint-Antoine, de beignets à Pâques, de massepains à la Toussaint, de sucreries à Noël qui ne fussent faits par elle en quantité pour les petits-enfants de Doña Ester. Les petits-enfants l'adoraient. Ce qu'elle réussissait le mieux était le *postre de music,* le dessert du musicien, parce qu'il regorgeait de fruits secs et qu'elle ne chipotait pas sur le nombre des noisettes grillées.

Par plaisir ou par goût d'être seule, elle s'occupait du potager. Si les oiseaux se gorgeaient de groseilles, elle frappait dans ses mains en grognant. Elle lavait les tables, lavait les bancs et les chaises de fonte peinte.

Elle ajouta à sa réserve l'éventail en coton que lui avait donné Jacint et aussi une vieille paire de gants de peau que Donya Ester lui offrit.

Quand elle allait encore à l'église, elle s'y rendait en dehors des services. Elle ne récitait plus les Litanies du Saint Nom de Jésus. Elle acheta de la bière qu'elle cacha dans sa soupente, ainsi qu'un bol. Quand elle ne trouvait pas le sommeil, ce qui arrivait de plus en plus souvent, quelque fatigue qu'elle éprouvât après sa journée de travail, elle s'asseyait sur sa housse et versait la bière dans le bol en plaçant très haut le col de la bouteille afin qu'il y eût beaucoup de mousse. Elle buvait en enfouissant ses lèvres et son nez. Elle laissait la mousse se déposer sur sa lèvre supérieure et sécher lentement. Elle sentait la mousse durcir et le haut de sa lèvre se contracter. Elle se recouchait dans l'obscurité, touchait avec son doigt sa lèvre plus dure et se souvenait du Père. Quelquefois, quand la lueur étrange et grise qui précède le jour perçait faiblement le papier huilé et envahissait la soupente, elle prenait le petit livre de prières que lui avait offert le Père jadis et touchait avec le gras du doigt la soie bleue qui le recouvrait. Elle s'adossait à la poutre qui étayait le toit. Elle caressait le livre. Elle l'ouvrait. Elle feignait de lire. Quand nous lisons, nous feignons toujours de lire.

Composé et achevé d'imprimer le 5 janvier 1993
dans les ateliers de Normandie Roto Impression s.a.
à Lonrai (Orne)
N° d'éditeur : 1299
N° d'imprimeur : I2-2211
Dépôt légal : janvier 1993